Pink

Usch Luhn

ABSOLUT ALICE

PINK • Ein Imprint von Oetinger Taschenbuch

Außerdem von Usch Luhn bei PINK erschienen:

Good Luck Fashion

Kiss me, Cookie!

PINKpressum

1. Auflage 2017

Poppenbütteler Chaussee 53, 22397 Hamburg
Februar 2017

Originalausgabe

Lektorat: Claudia Müller
Umschlaggestaltung: Kathrin Steigerwald
Umschlagmotiv: @plainpicture/STOCK4B/Sabine Fritsch
Druck: Livonia Print SIA, Ventspils iela 50, LV-1002,
Riga, Lettland
ISBN 978-3-86430-059-2

MIX
Papier aus verantwortungsvollen Quellen
FSC® C002795

www.oetinger-taschenbuch.de

01

Heute ist mein Glückstag. Gar keine Frage.

Mein Zimmer ist komplett leer geräumt, nur der Jahreskalender hängt noch zwischen den Fenstern an der Wand. Alle Tage sind dick und fett durchgestrichen. Bis auf den neunten August. **Heute!**

Ich spüre ein nervöses Kribbeln im Bauch. So eine Mischung aus ultragut aussehenden Typen anquatschen und ihn nach dem Weg fragen (Vorwand – natürlich), ohne Schnappatmung zu kriegen, und auf meinen Inlinern wieder mal die Kurve zu scharf zu nehmen (mit Absicht – natürlich).

In beiden Fällen läuft man Gefahr, übel auf die Nase zu fallen. Trotzdem mache ich es immer wieder.

Aber **dieses** Kribbeln ist ganz ohne Risiko.

Ich hole meinen roten Edding aus dem Rucksack und platziere die Spitze in Zeitlupe auf der Neun, koste den Moment so richtig aus. Jaaa! Mit einem besonders fetten Strich eliminiere ich den neunten August. Good-bye, München. Welcome, Berlin!

»Alice, komm runter. Billie will sich von dir verabschieden!«

Ich beuge mich aus dem Fenster und gucke auf die Straße. Meine Mutter schiebt gerade die Tür des Transporters zu. Neben ihr steht ihre Freundin Billie. Meine Mutter hat mit ihr zusammen ihre Ausbildung gemacht. Beide sind Maskenbildnerinnen beim Film, aber Billie hat gerade so einen Typen mit Kohle geheiratet, wohnt jetzt in einer total schicken Villa am Starnberger See und schminkt nur noch die Reichen und Schönen für Megaevents.

Ich mag Billie, sie ist einfach entspannt. Obwohl ich sterben würde, wenn ich hier in München sesshaft werden müsste.

Billie winkt mir. Ich spurte los.

»Süße«, sagt sie und umarmt mich fest. »Lass es dir gut gehen in Berlin, und wenn dich dort was nervt, komm zu uns. Hier, für dich. Fahr aber vorsichtig damit.« Sie drückt mir eine Tüte in die Hand.

Wow. Neue Inliner, *Swells*. In der gleichen Farbe wie die Haare von Poppy Delevingne, die Billie frisiert, wenn sie in München ist. Swells sind richtig teuer.

»COOL. DANKE. DANKE. DANKE.« Ich strahle ungefähr genauso wie damals, als meine Mutter mir mitteilte, dass wir umziehen. Ich bewege mich nämlich am liebsten den ganzen Tag auf Inlinern, auch auf dem Weg in die Schule.

»Rosa«, sagt meine Mutter und guckt entsetzt. »Gab es die nicht in Schwarz?«

Billie lacht. »Diese da sind gerade total angesagt, findest du auf jedem Modeblog. Fred musste sie mir aus New York mitbringen, sie sind in München ausverkauft.«

Fred ist Billies Mann. Wenn ich jemals etwas Schlechtes über ihn gesagt haben sollte, sorry.

»Und sonst?«, fragt meine Mutter. »Was ist daran anders als an den normalen Rollschuhen, außer dem Preis?«

Oh Mann. Meine Mutter weigert sich zu akzeptieren, dass es meilenweite Unterschiede zwischen ihren armygrünen Rollschuhen aus den Achtzigern und Inlinern gibt.

»Drei Rollen, Alu-Rahmen aus der Flugzeugtechnik, bessere Langzeitleistung … Außerdem sehen die Dinger einfach gut aus, oder?«, leiere ich herunter.

»Und«, fügt Billie hinzu, »Fersenbremsen, die man anmontieren kann.«

Die Bremsen überzeugen meine Mutter. Das weiß ich. Sie hat immer Angst, dass mir auf den Dingern was passiert. Dabei hat sie sich beim Fahrradfahren schon zweimal den Arm gebrochen und musste Jobs absagen.

»Okay. Ich frag nur«, sagt meine Mutter. »Dann können wir ja langsam starten, oder? Hast du alles, Alice?«

Ich nicke. Rucksack ist schon im Van. Und meine paar Klamotten sowieso.

Meine Mutter gibt Billie unseren Hausschlüssel. »Kümmerst du dich, wie besprochen, um den Rest?«

Billie nickt. »Klar. Und grüß Andreas von mir. Sobald ich Zeit habe, besuche ich euch.«

Sie umarmen sich und drücken ihre Wangen mit geschlossenen Augen minutenlang gegeneinander. Finde ich irgendwie süß. Ich hatte noch nie eine beste Freundin oder einen besten Freund. Kein Wunder. Seit ich geboren bin, sind wir ja auch schon gefühlte fünfhundert Mal umgezogen. Wie kann man da Freundschaften knüpfen? Aber so mit meiner Mutter durch die Welt zu ziehen, ist auch nicht schlecht. Nur München war ein echter Reinfall. Blöde Wohnung, blöde Schule, blöde Lehrer, Pflastersteine ohne Ende, Mamas Unfälle, ständig pleite. Als Krönung bin ich auch noch sitzen geblieben. Tolle Ausbeute dieses Jahr.

Zum Glück sind endlich Ferien, und meine Mutter hat eine Serie angeboten bekommen, in der Hauptstadt. Und deshalb ziehen wir um. Jubilee. Billie hat einen alten Freund in Berlin. Er heißt Andreas und ist gerade geschieden. Deshalb kommen wir in seiner Wohnung unter, bis wir von der Filmproduktion eine eigene vermittelt bekommen. Und genau nach Berlin geht es jetzt, in diesem Moment.

Meine Mutter fährt den Umzugswagen selber. Sie kann einfach alles, wenn sie gut drauf ist. Das finde ich wirklich toll an ihr. Das reibe ich ihr natürlich nicht unter die Nase, sonst mischt sie sich noch mehr in mein Leben ein. Und darauf habe ich keine Lust.

»Gib mal die Adresse ins Navi ein«, sagt meine Mutter, als wir im Van sitzen, und gibt mir eine Visitenkarte.

Haarscharf, Styling and more,
Andy Berger, 10 823 Berlin,
Belziger Straße 20.

Dieser Andreas ist nämlich Friseur, und unsere Wohnung ist direkt über dem Laden. Ab geht's!

Als wir losfahren, erwischt meine Mutter beim Ausparken das Fahrrad von unserem Vermieter Herrn Wurz, und es kippt auf die Straße. Aber meine Mutter fährt einfach weiter.

»Mama, ich wette, der Wurz zeigt dich an, wegen Fahrerflucht«, sage ich. Unser Vermieter konnte uns die ganze Zeit nicht leiden.

»Mir doch egal«, sagt meine Mutter, sie schaltet das Radio ein, auf volle Lautstärke, und macht das Fenster bis zum Anschlag auf.

Ich schicke Billie eine Nachricht.

Hey, Billie, Ma hat das Wurz-Rad umgenietet. Kannst du es bitte von der Straße retten?

Wir schlängeln uns mit dem Van durch die kleinen Schwabinger Straßen, meine Mutter singt den Deutschpop aus dem Radio laut mit, und die Leute in den Biergärten, die bereits vor ihren ersten Bieren sitzen, gucken uns finster hinterher. Dann kommt endlich die Autobahnauffahrt. Auf einmal bin ich total müde. »Kommst du alleine zurecht, Mama?«

Ich mache es mir auf dem Beifahrersitz gemütlich. Tschüss, München. Uns bist du los. Hoffentlich für immer.

»Alice, aufwachen. Ich brauche einen Pott Kaffee. Willst du auch was trinken?«

Nur mühsam wache ich auf, meine Knochen tun mir weh, und ich bin immer noch genauso müde wie vor dem Einschlafen. Ich habe das Gefühl, dass ich dieses ganze Jahr München erst einmal wegschlafen muss. »Geh nur«, sage ich und gähne. »Ich muss erst mal munter werden.«

Ich schaue auf mein Handy. Eine Nachricht von Billie:

Wurz beruhigt. Schlüssel abgeliefert.

Billie ist total zuverlässig. Ich hole die Inliner aus dem Karton und betrachte sie von allen Seiten. Die Dinger sind einfach klasse. Ich ziehe sie an – und sie passen wie angegossen.

Ich sehe meine Mutter mit Kaffee über den Parkplatz schlendern. Sie raucht! Ich reiße die Tür auf.

»MUTTER!«, brülle ich ihr entgegen. »Das ist gegen den Deal.« Meine Mutter und ich haben eine Abmachung getroffen: Ich wiederhole die neunte Klasse ohne Zicken, und sie hört auf zu rauchen.

»Sind doch noch Ferien«, entschuldigt sie die Zigarette. »Ist eine München-Abschiedsfluppe. Hab ich geschnorrt. Von dem netten Porsche-Typen da. Der wohnt auch in Berlin.«

Sie zeigt auf so eine rote fliegende Untertasse, die gerade wieder startet. Der Porsche schleicht an uns vorbei und hupt. Meine Mutter winkt lässig. Ich gucke dem Fahrer misstrauisch hinterher. Die Zufallsbekanntschaften meiner Mutter machen meistens Ärger.

»Ich hab seine Nummer«, sagt sie. »Er wohnt im Grunewald, eigenes Haus.«

Ich seufze. War ja klar.

»Er heißt Harry.« Sie kriegt diesen träumerischen Vorverliebtheits-Blick.

»Ich geh mal aufs Klo«, sage ich schnell und klettere mit den Inlinern an den Füßen aus dem Transporter. Super. Auf den Dingern läuft es sich wie geschmiert.

Ahhh. Fast wäre ich mit einer Mülltonne kollidiert.

»ALICE, PASS AUF!«, ruft mir meine Mutter hinterher.

Auf dem Klo texte ich Billie:

Danke, Billie-Schatz.
Die Swells cruisen einfach genial.

Nachdem ich beinahe noch einen Rehpinscher, Zwillinge mit riesigen Softeistüten und einen alten Mann mit Gehwagen umgenietet hätte, bin ich wieder zurück an unserem Umzugswagen. Meine Mutter kämpft mit ihrem Handy und meckert vor sich hin. So richtig hat sie ihr Smartphone nicht im Griff.

»Na, hat Harry sich schon gemeldet?«, spekuliere ich.

»Quatsch!« Meine Mutter schüttelt unwirsch den Kopf. »Andreas. Er deponiert den Schlüssel, weil er sich mit seiner Ex trifft, und schickt mir von dem Aufbewahrungsort gerade ein Bild, ich krieg es aber nicht auf.«

»Gib her.« Ich nehme meiner Mutter das Telefon aus der Hand und öffne die Bilddatei. »Häh? Was ist das?«, frage ich entgeistert.

»Ein Schrumpfkopf«, antwortet sie. »Natürlich nicht echt. Hängt über seiner Ladentür. Wenn man die Schädeldecke aufklappt, findet man den Schlüssel darin. Ich glaube, er mag so Gruselkrempel. Im Laden stehen seine ausgestopften Haustiere herum, hat Billie erzählt. Und ein ganz echtes Skelett.«

Ich schüttle mich. »Ist ja makaber. Tolle Werbung für einen Friseur.«

Meine Mutter lacht. »Wieso? Ist eben Berlin. Da musst du dir was einfallen lassen.« Sie startet den Transporter.

»Ist er denn deshalb geschieden? Ich wäre auch nicht gerne mit jemandem zusammen, der so 'n Kram sammelt. Hoffentlich steht von dem Zeug nichts mehr in der Wohnung rum.« Ich bekomme allein bei der Vorstellung eine Gänsehaut.

»Nein, Andreas hat sich in einen Mann verliebt. Bei dem ist er eingezogen, er wohnt im selben Haus, nur unterm Dach. Andreas' Sohn Erik ist bei seiner Exfrau Doris geblieben. Sie ist Ausstatterin beim Film. Die wohnen jetzt in Tempelhof, gleich beim alten Flughafen. Doris hat dort ein Lager angemietet, für ihre Requisiten. Muss ich mir unbedingt mal ansehen.«

Meine Mutter ist, wie immer, bestens informiert. Sie könnte auch die Chefin einer Klatschzeitung sein.

»Der arme Sohn ist jetzt sicher traumatisiert«, sage ich.

Meine Mutter guckt empört. »Wieso denn? Stell dir vor, ich wäre mit Billie zusammen. Das würdest du doch auch nicht blöd finden. **Du bist manchmal wirklich spießig** …«

Manche Leute finden es schräg, dass wir von Stadt zu Stadt tingeln. Es gibt viele, die ihre Kinder lieber ins Internat schicken. Dort könnte ich auch hin. Aber ich möchte lieber bei meiner Mutter bleiben. Auch wenn sie manchmal anstrengend ist, besonders dann, wenn sie wieder so einen Harry kennengelernt hat. Ich sehe, dass auf ihrem Handy eine Nachricht eingegangen ist. Der neue Harry fackelt nicht lange.

Schöne Raucherin.
Wann treffen wir uns wieder?

Ich finde, der kann noch zappeln, deshalb lösche ich die Nachricht schnell.

»Gut, dass noch Ferien sind«, sage ich. »München war echt anstrengend. Hoffe, wir haben hier mehr Spaß.«

Meine Mutter nickt. »Mal gucken, wie es mit der Serie läuft. Wenn alles klappt, kann ich länger für die Firma arbeiten, und wir können es uns in Berlin mal eine Weile richtig gemütlich machen. Wenigstens so ein, zwei Jahre. Schicke Wohnung, viel Kohle für die Arbeit, im Wannsee schwimmen.« Sie seufzt sehnsüchtig. »Würde dir so ein Leben gefallen?«

Hätte ich nichts dagegen. In der Hauptstadt wohnen ist irgendwie cool. Glaube ich zumindest.

02

»**Parkplatz** direkt vor der Haustür. Ich liebe Berlin jetzt schon. Aufwachen, Alice. Wir sind da!«

Das Friseurgeschäft *Haarscharf* von Andreas sieht in Wirklichkeit noch cooler aus als auf dem Foto. Die Skelette tragen pinke und grasgrüne Perücken, und der Schädel des Schrumpfkopfes verbirgt tatsächlich den Schlüssel für die Wohnung.

Auf dem Küchentisch steht ein Schokoladenkuchen, an den ein Zettel festgepinnt ist.

> **Willkommen, ihr Lieben. Ich hoffe, euch gefällt es hier. Lasst euch den Kuchen schmecken, ich habe ihn für euch gebacken. Alice kann im Zimmer von Erik schlafen. Das mit der blauen Tür. Er holt seine letzten Sachen in den nächsten Tagen ab. Euer Andreas.**

»Ist das nett!«, ruft meine Mutter gerührt. Der Schokoladenkuchen sieht extrem lecker aus. Ich mache schnell ein Foto für Billie und organisiere Teller und Gabeln und schneide uns zwei große Stücke davon ab. Dann setzen wir uns auf den Balkon in die knallroten Sitzsessel. Der Kuchen schmeckt so lecker, wie er aussieht.

»Hier kann man es aushalten!« Ich kaue und lecke sogar die Krümel vom Teller. »Ich sehe mir mal mein Zimmer an.«

Neugierig drücke ich die blaue Tür auf. Ich weiß nicht genau, was ich dahinter erwartet habe. Ich glaube, einen blauen Elefanten oder ein Spielhaus, jede Menge Kuscheltiere … aber es ist ein richtiges Jungszimmer, so wie die Zimmer der Jungs in meiner Klasse. Ich hatte gedacht, Erik müsste jünger sein als ich. Falsch gedacht. In den Umzugskartons finde ich die gleichen Schulbücher, die ich habe, und Arbeitsmappen –, oh Mann, der Junge hat die gleichen Probleme mit Rechtschreibung wie ich. Dann sind da jede Menge Skaterklamotten – die viele Jungs tragen, auch wenn sie nicht skaten – und eine ziemlich beachtliche Anzahl an Caps. Die scheint er zu sammeln. An der Wand hängen Plakate von *AC / DC* und einem *Cro*-Gig im Tempodrom in Berlin. Über seinem Bett entdecke ich noch eine Reihe aufgeklebter Schlümpfe, die scheinen schon etwas älter zu sein. Habe ich auch mal gesammelt. Ich nehme mir zwei *Asterix*, die ich noch nicht kenne, aus einer der Kisten und beschließe, sie mir zu leihen.

»Kommst du zurecht, Schatz?« Meine Mutter streckt den Kopf herein. »Ich hole zwei Koffer aus dem Van. Zum Glück gibt es hier einen Aufzug. Hilfst du mir, das Bettzeug raufzubringen? Den Rest laden wir erst morgen aus, ich habe den Wagen bis zum Wochenende gemietet. Vielleicht brauchen wir ihn noch.« Sie zeigt auf das *AC/DC*-Plakat. »Hannover, muss super gewesen sein.«

Wir haben keine Lust mehr, das Viertel auszukundschaften und essen zu gehen. Deshalb bestellen wir uns zwei Riesenpizzas, die wir auf unserem neuen Lieblingsplatz, dem Balkon, essen. »Diese Wohnung ist echt ein Glückstreffer«, sagt meine Mutter. »Wir müssen uns später unbedingt auch eine Wohnung mit Balkon suchen. Werde ich der Produktionsfirma am Montag gleich sagen.«

Es fängt ein wenig an zu tröpfeln, und wir verziehen uns ins Wohnzimmer, auf die Polsterlandschaft, und zappen uns durch die Programme.

»Mami«, murmele ich, ich träume schon fast. »Können wir nicht einfach hier schlafen?« Mir fallen die Augen zu.

Ich wache von Stimmengemurmel und Gläserklirren wieder auf. Verwirrt schaue ich mich um. Wo bin ich? Erst langsam dämmert es mir. **Berlin!** Unser neues Zuhause.

Meine Mutter sitzt wieder auf dem Balkon. »Alice! Das sind Andreas und sein Freund Gabriel! – Das ist meine Tochter Alice!«

Die beiden sind mir auf den ersten Blick sympathisch. »Hallo«, sage ich, schüttele den beiden die Hände und lasse mich auf einen Hocker fallen.

»Ich habe uns einen Begrüßungsschluck mitgebracht«, sagt Andreas und tippt auf die fast leere Flasche Wein.

»Alles klar.« Ich nicke. »Ist schön hier. Morgen werde ich die Gegend mal ein wenig erkunden.« Ich mache eine Handbewegung in den Berliner Nachthimmel.

»Ich werde mich morgen mal ein wenig in Andreas' Laden nützlich machen«, sagt meine Mutter. »Er ist nämlich gerade auf der Suche nach einer Aushilfe, das wäre doch was für mich, solange mein Job noch nicht angefangen hat.« Zu Andreas sagt sie: »Ich habe meine Arbeitsverträge noch nicht bekommen, dafür muss ich erst mal nach Babelsberg fahren.«

Andreas nickt. »Das geht gut mit der S-Bahn. Ich freue mich sehr, wenn du mithilfst.« Er sieht mich an. »Ich glaube, Erik und du, ihr seid gleich alt. Hast du es dir schon gemütlich gemacht? Die Kisten kommen bald weg.«

Ich nicke. »Klar, hab ich. Ich besitze eh nicht viele Sachen, unser Kram ist noch unten im Transporter.«

Meine Mutter streicht mit über den Kopf. »Wir sind so oft unterwegs. Da sammelt sich nicht viel an, unser Hab und Gut passt in wenige Koffer.«

Stimmt. Das Einzige, was mir wichtig ist, ist meine Inliner-Ausstattung. Auf alles andere, inklusive der Schulsachen, kann ich verzichten. »Okay, ich mach mich mal bettfertig«, sage ich und winke in die Runde. »Gute Nacht.«

Meine Mutter gibt mir einen Gutenachtkuss, und Andreas ruft mir hinterher: »Träum schön. Der erste Traum in einer neuen Wohnung geht in Erfüllung.«

Ich putze Zähne, dusche in Lichtgeschwindigkeit. Ich bin total müde.

Kann mir nicht vorstellen, dass ich heute Nacht überhaupt etwas träumen werde. Und einen echten Wunsch habe ich gar nicht. Oder? Höchstens, dass es hier nicht so doof wird wie in München und dass beim Inlinern nicht alle paar Meter ein Kopfsteinpflaster auftaucht, über das man stolpert. Mehr braucht es gar nicht zu sein. Ich liege in Eriks Bett und starre die Schlümpfe an der Wand an. Nee. Kein echter Wunsch.

Das Zimmer hat keine Vorhänge, und ich kann auf den Balkon gegenüber schauen. Das Geländer ist mit einer bunten Leuchtkette verziert. Die flimmern in meinem Kopf, der schon fast eingeschlafen ist, wie Glühwürmchen. Schön.

03

Als ich morgens aufwache, kann ich mich tatsächlich an keinen Traum erinnern. Nur an eine sehr lästige Mücke, ich habe drei Stiche mitten im Gesicht. In einer Thermoskanne hat meine Mutter mir Kräutertee gekocht, und es liegen frische Croissants auf dem Tisch. Ich mache mich darüber her. **Lecker!** Ein Hausschlüssel mit Skater-Anhänger liegt auf der Zeitung. Der kann ja nur für mich sein. Meine Mutter denkt einfach an alles.

Sie ist nicht da. Entweder ist sie einkaufen (macht sie aber eigentlich nicht ohne mich), oder sie ist schon bei Andreas unten im *Haarscharf*.

Obwohl es erst neun Uhr ist, ist der Laden schon proppenvoll. Meine Mutter schneidet einer Frau gerade einen Kurzhaarschnitt. »Hey, Alice!«, ruft mir Andreas zu. »Was Schönes geträumt?«

Ich schüttle den Kopf und bleibe vor einem Käfig, in dem ein ausgestopfter Hamster sitzt, stehen. »Ist der echt?«

Ich stecke meinen Finger durch die Gitter. Wua! Fühlt sich sehr gruselig an.

Andreas stellt sich neben mich. »Ja, das war Muffelchen. Mein Syrischer Goldhamster. Langhaarhamster. Ist uralt geworden, fünfeinhalb, und während der letzten Sonnenfinsternis gestorben.«

Ich bin ziemlich beeindruckt. »Stopfst du alle deine Haustiere aus? Was war bisher das größte?«

Ich folge Andreas, der nebenan Haarfarbe anrührt.

»Ich lasse das machen, ich selber kann nicht präparieren. Ich hatte mal einen Foxterrier, mein erster Hund, der ist mir aber bei einem Einbruch gestohlen worden«, erklärt er. »Ich umgebe mich eben gerne mit meinen Lieben. Auch nach dem Tod.«

Ich hatte noch nie ein Haustier. Logisch.

Ich zeige auf das Skelett, das als Kleiderständer dient. »Wer war das? Erste Liebe?«

Andreas lacht. »Nein, keine Sorge. Das Ding hat mir Gabriel geschenkt, zu unserem Jahrestag. Er arbeitet in der Pathologie, und das Skelett sollte ausgemustert werden, weil irgendwelche Rippenbögen fehlen. Die hat er durch Plastikteile ersetzt, und seitdem ist das William, unser Butler.«

Hallo, William. Ich schüttele ihm die knochige Hand.

»Aber Kaffee kochen tut er noch nicht, dafür bin ich zuständig«, ruft ein Mädchen in meinem Alter mit lila Pony. »Hallo, ich bin Esther«, sagt sie und gibt mir die Hand. »Ich mache bei Andreas eine Lehre.«

Ich starre auf ihren Pony. »Super, oder?«, fragt sie. »Kann ich dir auch empfehlen, die Farbe.«

Ich schüttele den Kopf. »Vielen Dank.«

Schon immer habe ich mich darüber gewundert, dass Leute, die eine Ausbildung zum Friseur machen, sich ihre eigenen Haare oft in viel zu knalligen Farben stylen. Ich selber stehe überhaupt nicht auf bunt. Na ja, muss jeder selber wissen.

Das Telefon klingelt pausenlos, und Andreas bleibt bei jedem Gespräch gleich freundlich und entspannt.

Gerade ist meine Mutter mit dem Haarschnitt fertig und beginnt zu fegen. Sie sieht müde aus, das sehe ich daran, dass ihr linkes Augenlid immer ein wenig herunterhängt.

Ich nehme ihr den Besen aus der Hand. »Morgen, Mama. Mach mal 'ne Kaffeepause«, sage ich und gebe ihr einen Kuss.

»Du bist lieb, Schatz. Gut geschlafen?« Sie verschwindet in die Küche, und gleich darauf höre ich die Espressomaschine rumpeln.

Ich befreie den Schneideplatz von den restlichen Haaren, sortiere die Zeitungen weg und wische das Waschbecken sauber. »Hey, du kennst dich aus«, lobt mich Andreas. »Willst du auch in die Branche?«

Ich schüttle den Kopf. »Nö, ich weiß noch nicht. Vielleicht mach ich mal was mit Sport. Oder Physiotherapie. Ich steh nicht besonders auf Stylen.«

Andreas nickt. »Zum Wochenende brauche ich jemanden als Aushilfe für Haarewaschen und den ganzen Kram. Ein paar Leute haben sich wegen einer Hochzeit angemeldet. Deine Mutter macht die Frisuren und das Makeup. Falls du Lust hast und dein Taschengeld aufbessern willst …«

Warum eigentlich nicht? »Danke. Mal sehen.«

Meine Mutter kommt aus der Küche zurück. Sie schlürft heißen Kaffee.

»Ich fahr mal los und schaue mich ein wenig um, Mama«, sage ich. Mir brennt es unter den Sohlen, die Gegend auf meinen neuen Inlinern zu erkunden. Das Wetter ist optimal. Sieht nicht nach Regen aus.

Meine Mutter gibt mir einen Kuss. »Sei bloß vorsichtig.«

Klar. Was soll denn passieren? Ich fahre quasi schon immer auf Inlinern durch die Welt, noch bevor ich laufen konnte. Na ja, fast jedenfalls.

Bevor ich starte, schaue ich auf unserem Stadtplan, wo genau ich mich überhaupt befinde, und beschließe, Richtung Rathaus Schöneberg und dann durch den Park zu fahren.

Ich wühle die Knieschoner und die Hand- und Ellbogen-Protektoren aus meiner Reisetasche, mache mich fertig, winke meiner Mutter und Andreas durch das Ladenfenster zu – und ab geht's. **Ich liebe meine neuen Swells!** Auf ihnen fährt man so leicht. Ich habe das Gefühl, dass ich schwebe.

Am Rathaus ist eine Baustelle, und ich muss sie weiträumig umfahren. Über eine breite Straße mit stillgelegter Ampel. Puh. Aus allen Ecken Autos, da kommt man ganz schön ins Schwitzen, ich kann das Tempo der Swells noch nicht ganz einschätzen.

Ich bin erleichtert, als ich endlich von den Straßen runter bin und im Park ankomme. Erste Hürde genommen.

Ich staune, wie viele Leute an einem ganz normalen Arbeitstag im Park unterwegs sind. Okay, viele alte Leute, Rentner wahrscheinlich, und Mütter mit Kinderwagen. Sehr lustig finde ich dabei, dass die Hälfte von ihnen in Joggingklamotten unterwegs ist und ihre Kinder im Dauerlauf durch den Park schiebt. Babys im Geschwindigkeitsrausch. Nur auf Inlinern ist keiner unterwegs. Seltsam.

Auf einer Wiese entdecke ich eine Gruppe Frauen, so alt wie meine Mutter, die Tai-Chi machen. Ich lehne mich an einen Kastanienbaum und schaue zu. Die Bewegungen haben etwas ganz Versunkenes. So, wie diese Frauen sich bewegen, so fühle ich mich, wenn ich auf meinen Inlinern cruise.

Plötzlich jagt ein schwarz-weißes Bündel in die Gruppe und bellt laut und aufgeregt. Der Bewegungsfluss stoppt. Ein paar Frauen kreischen, als der Hund an ihnen hochspringt. Ich muss total lachen. Das sieht so komisch aus. Eine der Frauen schaut zu mir herüber und sieht, was ich für einen Spaß habe. »He. Ist das dein Hund? Ruf ihn sofort zurück!«

Ich schüttle heftig den Kopf. »HAB MIT DEM HUND LEIDER NICHTS ZU TUN!«, brülle ich.

Ups. Wieso leider? Kann mir doch egal sein. Ich gucke mich um. Kein Hundebesitzer, der sich eine Auszeit von seinem Liebling gönnt. Bis auf zwei, drei Kinderwagen-Ferraris ist der Park plötzlich wie leer gefegt.

Tja, liebe Frauen, das Hundeproblem müsst ihr wohl selber lösen. Bringt dem Knirps doch eine Entspannungsübung bei.

Plötzlich habe ich Durst. Ich habe nichts zu trinken dabei. Da war doch irgendwo ein Hinweisschild zu einem Kiosk. Ich kurve wieder los.

Der Kioskmann trinkt entspannt seinen eigenen Kaffee und mampft ein Wiener Würstchen. Ich bin seine einzige Kundin.

»Servus«, sage ich.

»Auch Servus!« Er lacht. »Bist du hier im Urlaub? Ich war auch schon in München. Oktoberfest.«

Mist. Das **Servus** ist mir so rausgerutscht. Ich schüttle den Kopf. »Nö. Alte Gewohnheit. Ich wohne jetzt hier. Eine Bionade, bitte. Rot.«

Ich ziehe einen Fünfeuroschein aus meiner Hosentasche.

»Na dann«, sagt der Mann und gibt mir mein Getränk und das Restgeld.

Ich trinke die Bionade aus, ohne abzusetzen. Er linst über seine Theke. »Darf dein Hund den Wurstzipfel, oder hat er auch Durst?« Er zeigt nach unten.

Ich folge seinem Blick. Der schwarz-weiße Hund hockt neben mir und schaut uns aus treuen Augen an.

»Aber das ist nicht mein Hund!«, rufe ich überrascht.

»Na, dann darf er«, sagt der Kioskmann und wirft ihm den Zipfel zu. Er lässt Leitungswasser in eine Schüssel fließen und reicht sie mir. »Gib ihm was. Der muss doch Durst haben. Ist so schwül heute. Wir kriegen Regen.«

Der Mann hat recht. Der Hund schlabbert die Schüssel so schnell leer wie ich meine Bionade.

»Tschüss!« Ich stelle die Flasche zurück auf die Theke.

»**Servus**«, ruft er mir hinterher. »Man sieht sich.«

Nach ein paar Metern merke ich, dass der Hund mir folgt. Ich bleibe stehen. »Hey, was willst du von mir? Geh nach Hause.« Der Hund starrt mich an. Ich schaue ihn zum ersten Mal genauer an. Er trägt gar kein Halsband mit Hundemarke. Er ist auf jeden Fall ein Mischling, mit einem Fleck über dem rechten Auge, das sieht so frech aus wie eine Piratenklappe.

Ich gehe in die Hocke. »Na, Süßer. Wie heißt du?«

Der Hund bellt auffordernd.

»Ich versteh dich leider nicht. Na, ich nenne dich einfach mal Jack, wie **Jack Sparrow**.«

Der Hund scheint einverstanden, denn er bringt mir einen Stock. Klar, was er vorhat.

»Du willst spielen?« Ich werfe den Stock weit weg auf eine leere Wiese. Na toll. Das ist der Anfang vom Ende. Ich jage ihn kreuz und quer über die Grünflächen mit vielfältigen Wurfgeschossen. Oder jagt er mich?

Schließlich lande ich völlig fertig und ausgepowert im Gras und atme schwer. Jack gesellt sich zu mir. Uns fallen die Augen zu, und wir halten beide ein kleines Schläfchen.

Ich wache von leisem Donnergeräusch und einem Regentropfen, der meine Nase trifft, wieder auf. Jack liegt immer noch neben mir und guckt in den Himmel.

»Ja, genau«, sage ich. »Es gibt Regen. Ich muss dich jetzt leider verlassen. War nett, dich kennengelernt zu haben.«

Schon wieder **leider** nicht mein Hund, **leider** verlassen. Was rede ich denn für einen Unsinn? Ich rapple mich hoch und düse los. Der Hund folgt mir.

Ich fahre schneller, stolpere über einen Ast und lege mich fast hin. Im letzten Augenblick hält mich ein Busch auf, ich zerkratze meine Arme. Mist. Es tröpfelt. Bloß schnell heim. Am Parkrand bleibe ich stehen und schaue Jack streng an. »Ich muss nach Hause zu meiner Mutter. Du wohnst woanders. Kapiert? Vielleicht laufen wir uns ja mal wieder über den Weg. Platz!«, befehle ich und rolle weiter.

Na, so was. Ich habe ganz offensichtlich Autorität. Nach einer Weile drehe ich mich um. Jack sitzt immer noch da. »Geht doch!«, rufe ich begeistert und klatsche in die Hände.

»Wuff.« Jack springt auf und folgt mir.

»Oh nein, so hab ich das nicht gemeint«, sage ich verzweifelt, als er bei mir ankommt und an mir hochspringt. »Aus!«

Er hört sofort wieder auf. Anscheinend war er mal in der Hundeschule oder ist von sonst jemandem erzogen worden.

Hat ihn jemand ausgesetzt? Entführt? Oder einfach die Hundemarke gestohlen? Wo geht er hin, wenn er was fressen will oder wenn es ein Gewitter gibt? So wie das, das gerade aufzieht.

»Sorry, Jack. Ich muss jetzt wirklich los. Ich hasse Gewitter, und sie sind gefährlich für Inliner. Warum, kann ich dir jetzt nicht so schnell erklären.« Der erste Blitz erhellt den Himmel, es knallt. Jack winselt und kriecht auf dem Bauch in meine Richtung. Er sieht aus, als wolle er sich mit den Pfoten die Ohren zuhalten, als es erneut blitzt und knallt. Kann ich verstehen. Ich laufe los und Jack hinter mir her. Aus dem Himmel schüttet jemand eimerweise Wasser über uns aus. Noch vor meiner Haustür sind Jack und ich bis auf die Knochen nass.

»Zum Trocknen darfst du in unseren Flur, aber nur ganz kurz«, flüstere ich und sperre ganz schnell die Eingangstür auf.

Ich hasse Gewitter einfach. Und Jack auch. Pitschnass drückt er sich gegen mein Bein und winselt leise und kläglich.

04

Handtücher hat ein Mensch, der einen Friseurladen führt, wirklich genug.

In diesem Fall ist das echt von Vorteil. Ich rubbele Jack mit drei Tüchern, die schon Flecken vom Haarefärben haben, trocken, und dann föhne ich ihn noch ganz vorsichtig. Er lässt alles ganz gelassen über sich ergehen.

»So, jetzt siehst du wieder fein aus«, lobe ich ihn. »Und was mache ich jetzt mit dir?«

Jack beantwortet mir die Frage, indem er ganz selbstverständlich in Eriks (also mein) Zimmer latscht und es sich auf dem Bett gemütlich macht. Er schließt die Augen und pennt ein.

»Aber das geht nicht«, sage ich. »Du kannst nicht hierbleiben. Du gehörst jemand anderem. Der sucht dich bestimmt schon.« Oder auch nicht, sagt mir eine innere Stimme. Dieser Hund gehört niemandem, und er hat sich mich als sein neues Zuhause ausgesucht. Aber damit werden meine Mutter und Andreas niemals einverstanden sein. Was tun? Ich muss nachdenken. Erst mal ziehe ich meine nassen Klamotten aus, säubere meine neuen Inliner, und dann schreibe ich Billie eine kurze Mail und schildere ihr die Lage. Minuten später kommt eine Nachricht von ihr:

Oh Mann, Süße, das ist doch genial. So ein Hund ist ein superguter Freund. Ich hätte auch gerne einen. Schade, dass dir das nicht in München passiert ist. Deine Mutter wird sich damit schon abfinden.

Billie stellt sich das leicht vor. Aber sie kennt doch meine Mutter. Die findet sich mit nichts ab, wenn sie nicht will. Am Starnberger See bei Billie wäre Jack sicher besser aufgehoben als in Berlin-Schöneberg. Aber wir können ihn ja nicht einfach nach München beamen.

Erst einmal soll Jack sich ausschlafen, er scheint total fertig zu sein, und dann muss ich einen guten Moment finden. Eine weitere Nachricht von Billie:

Süße, du musst nur einen guten Moment erwischen bei deiner Mutter.

Ach nee. Darauf bin ich gerade schon selbst gekommen. Danke für den tollen Tipp, Billie.

Es hat aufgehört zu regnen. Ich nehme mir den Stadtplan, setze mich auf den Balkon und schaue mir an, wohin ich mit meinen Inlinern noch düsen könnte. Das Gelände vom ehemaligen Flughafen Tempelhof sieht spannend aus. Dort hat doch auch die Exfrau von Andreas dieses Requisitenlager. Vielleicht kann ich meine Mutter überreden, dass wir da mal zusammen hingehen, uns alles angucken.

Jack schläft stundenlang, wie ein Baby. Wann er es wohl so bequem hatte in der letzten Zeit?

Erst nach sieben taucht meine Mutter auf. »Hallo, Schatz, wie war dein Tag?«, ruft sie auf den Balkon. »Hast du Hunger? Wir sind mit Andreas zum Essen verabredet.«

Tolle Idee. Ich lausche in Jacks Richtung, ob ihn die Stimme meiner Mutter geweckt hat. Aber der Hund rührt sich nicht. Irgendwann kriegt er sicher mal Hunger. Ich sollte eine Dose Hundefutter kaufen. Oder ich staube beim Essen Reste für ihn ab. Wir gehen indisch essen, erfahre ich. Also wird das nichts mit Resten. Hunde dürfen keine Gewürze fressen, das weiß ich aus dem Fernsehen.

»Gibt es auf dem Weg einen Supermarkt?«, frage ich Andreas, als wir losgehen. »Ich möchte gerne ein paar Süßigkeiten kaufen.« Gibt es. Ich kaufe zwei Dosen Hundefutter und eine Tüte Lakritze für mich. Ganz schön teuer, dieses Hundefutter, finde ich.

Das indische Restaurant am Winterfeldtplatz ist sehr stylish mit einem Springbrunnen-Buddha am Eingang, und das Essen schmeckt einfach köstlich. Gabriel kommt etwas später, er hat heute einen Anfängerkurs Sezieren gegeben. Auf Fleisch hat er deshalb keine Lust mehr, wie er betont. Meine Mutter versteht sich super mit beiden, und ich habe den Eindruck, sie will gar nicht mehr nach Hause gehen. Ich mache mir Sorgen wegen Jack.

»Ich bin echt müde«, sage ich. »Bin stundenlang im Park herumgefahren und dann in den Regen gekommen. Ich gehe schon mal vor, okay?«

Alle drei nicken, und Andreas klopft mir zum Abschied auf den Rucksack. Die Hundefutterdosen scheppern.

»Hast du Erdnüsse gekauft, oder was klappert da?«, fragt er mit leuchtenden Augen. »Davon klaue ich mir später noch welche. Passen super zu unserem Rotwein.«

»Okay, tschüss dann, bis später«, sage ich.

Oh nein. Ich mache also noch mal Boxenstopp im Supermarkt und kaufe Erdnüsse. Gut, dass die Geschäfte hier bis Mitternacht geöffnet haben.

Als ich zu Hause ankomme, springt mir Jack schon entgegen. Er muss mal, wen wundert's. Ich hatte schon Angst, dass ich zu spät komme. Ich fahre mit ihm im Aufzug hinunter auf die Straße, und er sucht sich einen schönen Baum aus. Ein klein wenig hoffe ich, dass er sich jetzt doch von mir verabschiedet, aber er tapert bei Fuß wieder mit hinauf. Er bekommt seine Ration Dosenfutter. Ich kauere mich neben ihn und habe keinen blassen Schimmer, wie es mit dem kleinen Kerl weitergehen soll.

Die Erdnüsse stelle ich auf den Küchentisch und säubere die Salatschüssel, die ich als Hundenapf umfunktioniert hatte, gründlich mit doppelt Spüli. Gerade rechtzeitig verschwindet Jack in meinem Zimmer, da tauchen meine Mutter, Andreas und Gabriel wieder auf.

»Gute Nacht, ich bin gerade auf dem Weg ins Bett!«, rufe ich und zeige auf die Erdnüsse.

»Bis morgen«, sagt Andreas. »Übrigens, Erik hat sich gemeldet. Er kommt morgen Nachmittag gegen drei vorbei, er braucht ein paar Klamotten aus den Kisten. Wenn du da bist, lernt ihr euch mal kennen.«

»Alles klar.« Ich hoffe, dass sich die Jack-Sache dahin geklärt hat. Bloß wie?

Jack liegt schon wieder auf meinem Kopfende. Ich hebe ihn ans Fußende. »Nacht«, flüstere ich in sein Ohr. Dann falle ich sofort in den Schlaf und träume, wie ich auf meinen Swells über ein weites Feld tobe, zusammen mit Jack, und wir haben eine Menge Spaß.

Mitten in der Nacht wache ich von einem schrecklichen Geräusch auf. Es klingt wie eine Mischung aus heulenden Werwölfen und winselnden Aliens in Abflussrohren. In der ersten Panik finde ich den Lichtschalter nicht und irre orientierungslos durch mein Zimmer, aber da steht schon meine Mutter vor mir und fasst mich am Arm.

»Schatz, geht's dir nicht gut?«, fragt sie besorgt. Im selben Augenblick schreit sie laut und macht einen Satz. »AHH! Mich hat was Feuchtes am Bein berührt.« Sie schlägt um sich.

Das Licht ist immer noch aus, aber in meinem Kopf klickt der Ich-hab-es-kapiert-Schalter auf **On**. »Keine Angst, Mama«, sage ich. »Das ist nur Jack.«

Dieser Satz beruhigt meine Mutter leider gar nicht. »JACK? WER IST JACK?«, ruft sie sehr laut und findet endlich den Lichtschalter. Sie schaut sich um, und bei mir fällt der Groschen, als ich ihren Blick interpretiere. Meine Mutter vermutet, ich habe einen Jungen hier versteckt. So ein Quatsch.

»Ja, also, Jack, er ist mir zugelaufen, dann ist er nass geworden, und ich habe ihn trocken geföhnt, und er war müde und hatte Hunger, und ich wusste echt nicht, was ich machen sollte. Und eine Hundemarke hat er auch nicht, vielleicht ist er einem Tierfänger entkommen. Das ist schon alles, die ganze Story. Jack! Jack, komm her und zeig dich!«, rufe ich.

Jack tapert schwanzwedelnd herbei, setzt sich auf den Fuß meiner Mutter und beginnt, ihre Wade abzulecken. Das mag sie aber gar nicht und springt weg. »Ein Hund? Alice, bist du total verrückt geworden? Ein richtiger Straßenköter, der kann doch Tollwut, Zecken oder sonst eine ansteckende Krankheit haben. Wir wohnen hier nur zur Untermiete. Du bringst ihn sofort wieder weg.«

Manchmal kapiert meine Mutter wirklich gar nichts. »MUTTER!«, brülle ich möglichst noch lauter als sie. »Ich habe doch gerade alles erzählt. Er ist mir nachgelaufen, zugelaufen, er geht nicht mehr weg. Wie ein Bumerang. Soll er auf die Straße runter und dann schnell Tür zu, oder was?« Ich sehe sie herausfordernd an.

Meine Mutter guckt, sehr, sehr genervt. »Ja«, sagt sie schließlich. »Warum nicht? Ja, genau so.«

Ich schaue sie an, und sie kommt mir vor wie die böse Stiefmutter von Aschenputtel. »DAS GEHT DOCH

NICHT!«, rufe ich. »Dann mach du das. Setz du das arme Hundchen mitten in der Nacht alleine auf der Straße aus. ICH – NICHT!«

Ich sehe es ihr an. Sie ist wild entschlossen, es zu tun. Sie geht in die Hocke und lockt Jack zu sich heran, und der dumme Hund kommt tatsächlich auf sie zugeschwänzelt und lässt sich von meiner Mutter auf den Arm nehmen.

»Billie fand das toll mit dem Hund!«, rufe ich ihr nach. Ich laufe in mein Zimmer, werfe mich aufs Bett und vergrabe meinen Kopf ins Kissen. Mist, Mist, Mist. Das ist ja wirklich total schiefgegangen. Berlin fängt ja gut an. Ich kann nicht anders, ich muss heulen. Plötzlich kitzelt mich was am Fuß. Ich schieße wie elektrisiert hoch. »Jack!«

Der kleine Kerl springt wie ein Flummi neben meinen Kopf und drückt sich an mich.

»Mama?« Ich sehe meine Mutter, die am Fußende steht, verdattert an.

»Es hat gerade angefangen zu schütten, als wir auf der Straße standen. Das muss ja nicht sein, ich bin doch kein Unmensch.« Sie lächelt verlegen.

Nö. Eigentlich nicht. Obwohl ich vor zehn Minuten noch anderer Meinung war.

»Ich werde morgen mit Andreas sprechen«, sagt sie. »Wir müssen beim Tierheim anrufen, fragen, ob er vermisst wird, und uns Rat holen, was wir machen sollen, wenn nicht.«

Ich knuddele Jack. »Danke, Mama. Das Hundefutter kaufe ich erst mal von meinem Taschengeld. Andreas hat mir ja einen Job in seinem Laden angeboten.«

In der Nacht träume ich schon wieder von Jack und einer Inliner-Tour über einen großen, leeren Platz. Und als ich am nächsten Morgen aufwache, weiß ich: Ich muss unbedingt dorthin.

05

»Das Rollfeld!«, sagt Andreas zu mir, als ich ihm von meinem Traum erzähle. »Das könnte das Rollfeld vom ehemaligen Flughafen Tempelhof sein. Bestimmt kann man da richtig gut inlinern.«

Das hört sich gut an. Dort muss ich unbedingt hin.

»Erik ist oft auf dem Tempelhofer Feld. Er trifft sich da mit seinen Kumpels. Frag ihn einfach, ob er dich mal mitnimmt.« Das ist nicht so eine gute Idee, aber das behalte ich lieber für mich und verteile Kaffee an die Kunden im Friseurladen. Ich habe meiner Mutter versprochen, das Jack-Problem anzusprechen, habe aber noch nicht den richtigen Moment gefunden.

Als meine Mutter kurz darauf im Laden auftaucht, schickt sie mir einen fragenden Blick.

Andreas nimmt mir das Tablett mit dem letzten Espresso ab und tätschelt meinen Oberarm. »Das kriegen wir schon hin.«

Meine Mutter guckt erleichtert. »Ach, habt ihr darüber gesprochen? Was wollt ihr tun?«

Sie begrüßt ihre erste Kundin und nimmt ihr die Jacke ab.

»Wir schalten Erik ein, und er nimmt Alice mit zum Tempelhofer Feld«, antwortet Andreas.

Meine Mutter sieht ihn erstaunt an. »Mit Jack?«

Oh nein. Was für ein Chaos!

»Mama, ich hab Andreas noch gar nichts von Jack erzählt«, sage ich. Und dann hole ich das ganz schnell nach.

»Wir müssen dringend im Tierheim nachfragen«, sagt Andreas. »Wäre doch schrecklich, wenn ihn jemand vermisst. Am besten, wir rufen in den nächsten Tagen dort an. Erst mal bleibt er hier. Wann lerne ich ihn kennen?«

»Ich mache euch gleich miteinander bekannt, Jack muss sowieso Gassi gehen«, rufe ich und renne in unsere Wohnung.

Andreas und Jack verstehen sich sofort sehr gut. Ich bin so ein Glückspilz.

Ich drehe eine kleine Runde mit dem Hund. Andreas hat von seinem ersten Hund sogar noch die Hundeleine, und Jack lässt sie sich ohne Probleme anlegen. Als wir wieder zurück sind, legt er sich dankbar auf die Türschwelle des Friseurladens. Meine Mutter und ich leeren nach und nach den Transporter und bringen unsere Habseligkeiten in die Wohnung.

»Wenn du willst, Andreas, kann ich Eriks Kisten mit dem Transporter in seine neue Wohnung fahren«, schlägt meine Mutter vor. »Alice hilft mit, zu dritt schaffen wir das in null Komma nichts.«

Andreas findet die Idee super, ich eher mittel. Mal sehen, wie dieser Erik so drauf ist. Aber da ich Andreas noch Dank für Jack schulde, halte ich mich da lieber raus.

Ich bin gespannt, Erik soll ja am Nachmittag vorbeikommen. Andreas ist richtig absolut davon überzeugt, dass Erik mir das Tempelhofer Feld zeigt. Was er von Erik erzählt, klingt allerdings nicht besonders spannend. Er ist sechzehn, findet Gabriel doof (wahrscheinlich, weil Andreas wegen ihm seine Familie verlassen hat, objektiv gesehen, ist Gabriel ein supernetter Typ), und er hängt mit seiner Clique ständig auf dem Tempelhofer Feld ab. Meine Mutter ist so begeistert, dass es mich schon nervt – sie glaubt, die Leute dort werden meine besten Freunde. Aber das kann man nicht wissen. Und überhaupt: Ich suche mir meine Freunde selber aus, oder sie suchen mich aus – siehe Jack.

In der Wohnung von Andreas gibt es tatsächlich ein Ankleidezimmer. Das finde ich so cool. Es ist ein riesiger Raum mit ganz vielen Regalen und Klamottenständern. Ein Teil davon ist für die Winterklamotten von Andreas reserviert, aber was die anderen Regale angeht, da können meine Mutter und ich uns ausleben.

Erik taucht auf die Minute pünktlich um drei Uhr in der Wohnung auf. Ich sitze gerade im Flur auf dem Fußboden, meine Inliner liegen vor mir.

Erik sieht aus wie Andreas, nur viel jünger natürlich. Unter seinem Arm klemmt ein Shortboard. Wollte ich auch schon immer mal ausprobieren.

»Hey«, sagt er und guckt dabei gelangweilt. »Schuhtick?« Er zeigt auf die Inliner. Ohne stehen zu bleiben, geht er an mir vorbei in sein Zimmer.

Wenn ich eins überhaupt nicht leiden kann, dann sind es Jungs, die Mädchen zuerst mal zeigen wollen, dass sie eben Mädchen sind und keine Jungs. Schon in München ging mir das total auf den Zeiger, und ich habe mir geschworen, dass ich mir das nicht mehr gefallen lasse. Ich springe auf und folge ihm.

»Auch hey. Mein Name ist übrigens Alice. Und kannst du Inliner nicht von normalen Schuhen unterscheiden? Ich frage ja auch nicht, was du da für Brennholz mit dir herumträgst …« Ich zeige auf sein Shortboard und weiß, dass mein Vergleich nicht gerade originell ist. Aber was Besseres fällt mir auf die Schnelle nicht ein.

Erik antwortet gar nicht, sondern guckt bloß sehr gequält.

Ich lasse nicht so schnell locker. »Bist du Erik?«

Er zieht die linke Augenbraue hoch und sagt: »Wer sonst?« Er zeigt auf seine Kisten. »Hoffe, du hast nicht darin herumgeschnüffelt.«

Ich schüttle den Kopf. »Glaubst du, mich interessiert deine Rechtschreibschwäche? Hab ich übrigens auch. Bin deshalb sitzen geblieben.«

Zum ersten Mal mustert er mich genauer. »Also doch geschnüffelt. Hab ich mir gedacht. Warum sind Mädchen eigentlich immer so neugierig. Das nervt!«

In diesem Augenblick tauchen Andreas und meine Mutter auf. »Ach, super. Ihr habt euch schon kennengelernt«, sagt Andreas. »Erik, wir haben gedacht, dass du Alice auf das Tempelhofer Feld mitnimmst, da kann sie inlinern, und Katrin …«, er zeigt auf meine Mutter, »fährt deine Sachen rüber in eure neue Wohnung. Einverstanden?«

Erik schüttelt den Kopf. »Zweimal nein.«

Andreas schaut ihn erstaunt an. »Wie … **nein**? Warum nicht?«

Erik seufzt. »Ich hab keinen Bock auf Stadtführer, und meine Kisten holt Markus ab. Mit seinem neuen Kombi. Hat Mama so entschieden.«

Er wirft einen Blick in die Runde. »Alles klar so weit?«

Meine Mutter hat bisher geschwiegen. Jetzt sagt sie was. Leider. »Ach, Mensch, Erik. Wäre wirklich super, wenn du dich um Alice kümmern könntest. Sie kennt noch niemanden hier in der Stadt, außerdem sind doch Ferien. Bitte, bitte, bitte.«

Ich versinke vor Scham fast im Erdboden. »MAMA!«, rufe ich empört. »Es ist alles gesagt.«

Ich flüchte aus der Wohnung, hinunter in den Friseurladen.

»Was ist los?«, fragt Esther. Sie sitzt vor der Tür auf einem Klappstuhl und raucht. Zu ihren Füßen bearbeitet Jack einen Kauknochen, den ihm Andreas gekauft hat.

»Ach, alles«, sage ich.

Esther lacht. »Hast du die Bekanntschaft von Erik gemacht, oder was? Der hat ab und zu einen echten Knall, kann ich dir bestätigen. Scheidungskind. Bin ich auch. Da wird man manchmal ein bisschen gaga. Er meint es aber nicht so. Wo ist eigentlich **dein** Vater?«

Ich hocke mich neben Esther. »Keine Ahnung«, sage ich und zucke mit den Schultern. »Ich kenn ihn gar nicht, hat sich aus dem Staub gemacht. Wohnt irgendwo im Ausland, dreht da Filme. Also, nicht selber, er ist wie meine Mutter Maskenbildner. Ist aber kein Problem für mich, dass er nicht da ist. Ich kenne das ja nicht anders.«

Esther nickt. »Das stimmt zwar, aber dann weißt du auch nicht, wie Typen ticken. Das checkt man nur, wenn man länger mit einem zusammengelebt hat. So wie ich mit meinem Vater.«

Das glaube ich jetzt einfach mal nicht, aber ich finde das Thema auch nicht so spannend, dass ich es mit Esther ausdiskutieren möchte.

»Kann sein«, antworte ich einsilbig. »Aber Erik ist doch ganz anders drauf als Andreas, finde ich. Wer ist eigentlich Markus?«

Esther streckt sich in die Sonne und sagt: »Das ist der neue Freund von Eriks Mutter. Der eröffnet demnächst auf dem Tempelhofer Feld eine Disco für Inliner, Skater usw. Das wäre was für dich.«

Das klingt wirklich total interessant. »Ich will sowieso zum Flughafen, weil man dort gut laufen kann. Dafür brauche ich Erik nicht. Er will nicht, dass ich mit ihm mitkomme. Dann fahre ich eben alleine hin.«

Esther nickt. »Eine Freundin von mir hat dort einen

Ferienjob beim Crêpes-Stand, sie heißt Lotte. Soll ich dir ihre Nummer geben? Ich rufe sie an und sage, dass du kommst. Gib mir mal deine Nummer.«

Das finde ich gut. »Ja, gerne. Cool.« Die Haustür klappt auf, und Erik, Andreas und meine Mutter tauchen auf. Jack bellt, läuft mit seinem Knochen auf Andreas zu und legt ihn ihm zu Füßen. »Danke, mein Junge.« Andreas lacht. »Aber ich bin doch Vegetarier.«

Erik kneift die Augen zusammen. »Was ist das denn für eine Ratte?«, fragt er seinen Vater. »Das ist nicht dein Ernst. Ersatzkind, oder was?«

Ich bin sprachlos. Wie redet Erik denn mit seinem Vater? Ich sehe den Gesichtsausdruck meiner Mutter, die findet das auch nicht gut. Würde ich so mit meiner Mutter umspringen, die würde mir aber was erzählen.

»Der Hund ist Alice zugelaufen«, klärt ihn meine Mutter auf. »Wir überlegen noch, was wir mit ihm anfangen. Wahrscheinlich muss er ins Tierheim.«

Als würde er jedes Wort verstehen, jault Jack plötzlich und setzt sich schwanzwedelnd auf Eriks Fuß.

Ich befürchte schon das Schlimmste, da tut Erik etwas wirklich Überraschendes: Er geht in die Knie und streichelt Jack.

»Hallo«, sagt er mit einer sehr sanften Stimme. »Du sollst ins Tierheim? Das ist ja blöd. Wie heißt du denn?«

»Er heißt Jack«, sage ich, bevor ich es verhindern kann. Warum rede ich überhaupt noch mit Erik?

»Jack!«, wiederholt Erik. »Wie passend.«

Esther hat recht. Plötzlich benimmt sich Erik wie ein geklonter Andreas. Spooky.

Er schaut mich an. »Wegen Jack Sparrow? *Fluch der Karibik?* Hast du dir das ausgedacht?«

Ich nicke.

Erik lacht. »Hast du gut ausgesucht. Einen besseren Namen gibt es nicht. Findest du den Film auch so super?« Er sieht seinen Vater an. »He, Papa. Du wolltest doch immer einen Hund. Jack ist echt der richtige für dich.« Und zu mir sagt er: »Meine Mutter ist allergisch gegen Hundehaare. Sagt sie jedenfalls. Und gegen Hamster, Kaninchen, Kanarienvögel … also gegen alle Haustiere. Selbst Papas ausgestopfte Viecher hat sie im Müll versenkt. Stimmt's, Papa?«

Andreas ist das Thema unangenehm. Man sieht es ihm deutlich an. Er möchte nichts Blödes über seine Exfrau sagen und in dieser Angelegenheit schon gar nicht vor Erik gegen sie Partei ergreifen. Er räuspert sich. »Ach, lass stecken, Junge. Alte Kamellen. Mal sehen, was aus Jack wird. Er ist Alice zugelaufen, und sie ist für ihn verantwortlich.«

Erik guckt, als würde er sich mit der Erklärung erst mal zufriedengeben. »Alles klar. Ich flitz dann mal.« Er wirft die große Reisetasche, die er mit Sachen aus den Umzugskartons vollgepackt hat, über seine Schulter und sagt zu mir: »Man sieht sich. Wenn du mal in Tempelhof aufschlägst, kannst du ja Jack mitbringen, da hat er Auslauf genug. Ach, und Finger weg von meinem Eigentum. Du weißt schon.« Er nickt uns allen gnädig zu, springt auf sein Shortboard und verschwindet Richtung Hauptstraße.

Andreas seufzt. »Tut mir leid, Alice. Erik meint es nicht so. Die Scheidung hat ihm zugesetzt. Deshalb ist er auch sitzen geblieben.«

Ich grinse großzügig. »Kein Ding. Das hab ich auch ohne Scheidung geschafft.«

06

Ich nehme Jack an die Leine. Nach dieser seltsamen Begegnung muss ich unbedingt eine Runde um den Block joggen. Im Leben von Andreas' Familie herrscht ja wohl auch Chaos. Ich bin froh, dass bei meiner Mutter und mir alles so einfach ist, bis auf gelegentliche Liebeswahnattacken meiner Ma. Dieser Typ, Harry, dessen Nachricht ich gelöscht habe, hat sich wohl nicht mehr gemeldet. Aber ich habe null schlechtes Gewissen. Sie wird bestimmt schnell einen anderen kennenlernen, in den sie sich verguckt. Spätestens beim Dreh.

Mein Handy klingelt. »Hi, hier spricht Lotte. Esther hat mir deine Nummer gegeben. Du suchst einen Ort zum Skaten?« Lotte hat eine extrem nette Stimme. Der Flughafen Tempelhof scheint wirklich eine super Location zu sein. Lotte beschreibt mir, wie ich mit der U-Bahn dorthin komme. Hoffe, meine Mutter hat nichts dagegen. Lotte und ich verabreden uns für die Mittagszeit am Crêpes-Stand, wo sie jobbt. »Immer dem Crêpes-Geruch hinterher, dann findest du uns.« Sie lacht.

Meine Mutter freut sich, dass ich was unternehme, und Andreas sagt: »Vergiss nicht, dass Jack einen Fahrschein braucht.« Er gibt mir fünfzig Euro Vorschuss für das Aushelfen im Friseurladen. Ich glaube, dass er sich ein bisschen dafür schämt, dass Erik nicht nett zu mir war. Aber das ist mir so egal. Also rein in die Swells und dann ab zum Tempelhofer Flughafen.

Alles klappt super nach Lottes Instruktionen. Eine halbe Stunde später stehe ich vor dem Gebäude des ehemaligen Flughafens. Schade, dass man von hier aus nicht mehr fliegen kann. Es sieht aus wie aus einem alten Schwarz-Weiß-Film.

Ich weiß nicht, was ich mir vorgestellt habe. Aber ich dachte, auf dem Feld ist mehr los. Auf ein paar Grünflächen haben es sich Leute in Liegestühlen bequem gemacht und sonnen sich. Eine Clique feiert Geburtstag, grillt und tanzt zu Musik, die aus einem CD-Player kommt. Sie lassen eine Sektflasche knallen. Ich sehe Segways über das Rollfeld cruisen. Eine Gruppe kleiner Kinder lässt Drachen steigen. Die Kids kreischen wie verrückt. Sofort habe ich Lust, bei ihnen mitzumachen. Ich liebe Drachen einfach. Überall riecht es nach gegrillten Würstchen und … Crêpes. Ich folge meiner Nase. Lotte hat anscheinend Esther an ihren Haaren herumexperimentieren lassen. Sie hat rosa Strähnchen in ihren blonden Haaren, fast dieselbe Schattierung wie meine Swells. Sieht aber toll aus.

»Hallo, ich bin Alice.«

»Ah, hi, Lotte!« Sie beugt sich zu Jack hinunter. »Und du?«

»Das ist Jack. Er ist mir zugelaufen.«

»Wie süß. Ich hätte auch so gern einen Hund.«

Wirklich lustig. Wenn man mit den Leuten über Jack ins Gespräch kommt, erfährt man, dass viele sich einen eigenen Hund wünschen, aber keiner hat einen. In der U-Bahn ist mir das auch schon passiert.

»Möchtest du einen Crêpe? Geht aufs Haus.« Lotte wartet gar nicht ab, sondern lässt gleich Teig auf die Platte rinnen.

Ich nicke. »Gerne. Mit Apfelmus.«

Lotte macht zwei, für sich auch einen, und setzt sich mit mir auf die Plastikstühle, die um den Stand herum stehen. »Ist noch nicht viel los hier«, sagt sie. »Am Nachmittag wird der Platz voller. Du hast vorher in München gewohnt?«

Ich mampfe meinen Crêpe und erzähle ihr von München, meiner Mutter und dem letzten Jahr dort, als ob ich sie schon ein Leben lang kennen würde.

»Meine Mutter wohnt in München«, sagt Lotte. »Ich wohne mit meinen Geschwistern bei meinem Vater. Es sind Zwillinge. Die sind gerade bei ihr und machen Ferien. Ich bin erst im Winter dran, dann gehen wir Ski fahren.«

Ich bin überrascht. Kinder, die bei ihren Vätern wohnen, kenne ich gar nicht.

»Du kannst ruhig fragen«, sagt Lotte. »Meine Eltern haben sich so geeinigt, weil meine Mutter als Stewardess arbeitet. Sie ist ständig in der Luft. Wir können überallhin billiger fliegen. Jetzt ist sie mit meinen Geschwistern in Kalifornien, zum Surfen. Ich wollte aber lieber jobben. Mein Vater arbeitet im Jobcenter, der ist ganz normaler Beamter. Ist für mich total okay, bei ihm zu wohnen. Nur seine Freundin nervt ein bisschen.«

Ich schaue mich auf dem Feld um. Erik und seine Clique kann ich nirgends entdecken. »Kennst du Erik, den Sohn von Andreas?«, frage ich.

Lotte nickt. »Klar. Die skaten hier immer. Markus, Eriks neuer Stiefvater, lässt dort drüben gerade eine Disco aufbauen, mit einer Fläche, auf der man mit Inlinern und Boards tanzen kann. Finde ich eine super Geschäftsidee.«

Sie zeigt mit dem Kochlöffel quer über das Feld. Dort stehen ein paar Transporter, die Tische und Bänke ausladen, die mich an Münchener Biergärten erinnern. Arbeiter versuchen, eine Zeltplane aufzustellen, und rufen sich lautstark Anweisungen zu.

»Ein Zirkuszelt?«, frage ich überrascht.

»Ja. Die Disco soll auch abends und bei schlechtem Wetter stattfinden. Mit Getränken und Snacks. Mein Chef hat zugesagt, dass er dann Crêpes verkauft. Markus und er kennen sich schon länger. Dann werde ich meine Inliner auch mal wieder rausholen.« Sie zeigt auf meine Swells. »Die sind ja sehr cool. Solche habe ich natürlich nicht. Weiß gar nicht, ob meine noch passen.«

Ich stopfe den Rest Crêpe in mich hinein. »Ich hab auch noch andere. Welche Schuhgröße hast du? Sonst kannst du welche von meinen anprobieren. Inliner sind meine zweiten Füße. Nur in der Schule gab es deshalb immer Ärger.«

Lotte grinst. »Ist hier nicht anders. Mach dich auf Stress gefasst.«

Ich stehe auf und wische mir meine klebrigen Finger an einem Handtuch ab, das mir Lotte reicht. »Ich kurve mal 'ne Runde und schau mir alles an.« Ich mache Jacks Leine ab, binde sie mir um die Hüften und sage zu ihm: »Schön bei Fuß bleiben, Jackie. Verstanden?« Der Hund schaut mich an und bellt kurz.

Lotte lacht. »Hey, der versteht dich. Gut, dann bis gleich. Viel Spaß und leg dich nicht auf die Nase.«

»Nee. Natürlich nicht«, sage ich und cruise dann los.

Hier über die Rollbahn zu gleiten, ist wirklich toll. So ähnlich muss es sein, auf der Autobahn zu fahren, kilometerlang. Jack hält begeistert mit, bis ihm ein Luftballon vor die Nase fliegt. Der stammt von den Geburtstagsleuten. Im Zickzack jagt Jack dem Ballon hinterher. Ich kann ihm kaum noch folgen, so schnell läuft er. Er bellt wie verrückt, weil er den Ballon nicht kriegt, und bringt beinahe einen Segwayer zum Stürzen, der den Ballon am Faden erwischt und festhält. Knurrend springt Jack an dem Segwayer hoch und will an den Ballon. Atemlos erreiche ich die beiden.

»Aus, Jack«, keuche ich. »Sofort Platz.« Aber Jack schert sich überhaupt nicht um mich. Schließlich hält ihm der Segwayer den Ballon hin und mit beiden Händen fest. »Da, jetzt schnapp dir das Biest«, fordert er Jack auf und lacht. Jack springt auf den Ballon und packt ihn mit seinen Pfoten wie ein Raubtier. Der Ballon zerplatzt mit einem lauten Knall. Jack schnappt sich die jämmerlichen Reste und flüchtet damit in ein Beet.

Der Segwayer lacht immer noch. »Mit was für einem Giftzwerg bist du denn unterwegs?«, sagt er.

Ich schaue ihn mir genauer an. Nicht sehr viel älter als ich, vielleicht so alt wie Erik.

»Oh Mann, das tut mir so leid«, entschuldige ich mich und lege los. »Ich hab meinen Hund noch nicht lange, also, er ist eigentlich gar nicht mein Hund, ich hab ihn gefunden, das heißt, eigentlich hat er mich gefunden, im Park, in München durften wir keine Haustiere haben, aber jetzt vielleicht schon, obwohl Andreas meint, wir müssen im Tierheim nachfragen, ob ihn nicht jemand vermisst, jedenfalls dachte ich, er ist echt gut erzogen, aber dass er so auf Luftballons steht, konnte ich doch nicht wissen …« Ich kriege endgültig keine Luft mehr und schnappe verzweifelt nach Sauerstoff.

»Okay«, sagt der Junge und grinst. »Ich hab nicht alles verstanden. Sorry. Du wohnst in München? Bist du hier zu Besuch, oder was?« Er zeigt auf meine Inliner. »**Swells**. Wow. Teuer.«

Ich schüttle den Kopf. »Nein, ich hab vorher in München gewohnt. Jetzt hier. Die Swells hat mir eine Freundin geschenkt, also eine Freundin meiner Mutter, zum Abschied aus München.« Ich strecke ihm die Hand hin. »Alice.«

Er nimmt meine Hand. »Valentin. Ich fahre mal weiter. Man sieht sich. Falls du mal umsteigen willst? Meine Eltern haben einen Fahrradladen und vermieten auch diese Dinger hier.« Er klopft auf das Segway. »Macht echt Bock. Fast so wie inlinern, schätze ich. Ciao, Alice.« Er zwinkert mir zu und fährt davon.

Verwirrt schaue ich ihm hinterher. War dieser Typ cool, oder tat er nur so, als wäre er cool? Keine Ahnung. Aber vermutlich sehe ich ihn hier ja noch öfter. Ich fahre hinüber zu Jack, der immer noch auf dem nassen Luftballonrest herumkaut.

»Gib her, Jack«, bettle ich. »Das ist doch voll eklig.« Ich muss unbedingt ein paar von diesen Hundekaustangen kaufen, für solche Fälle. Ich schaue zum Zelt. Es ist schon fast aufgestellt. Das geht ja wirklich schnell. Ich beschließe, mir die Sache mal aus der Nähe anzuschauen.

Eine Disco für Inliner fände ich wirklich toll. Und dann auch noch mit meiner Musik. Berlin ist super. Ich habe es vom ersten Moment an gewusst. Plötzlich gibt Jack schon wieder Gas und düst ab.

»Jack!«, rufe ich ihm genervt hinterher. Mensch, ich kann dieses Energiebündel doch nicht ständig an der Leine halten, aber so nervt es auch total und bringt mich in Schwierigkeiten.

Der Hund stiebt mitten in die Gruppe Leute, die mit dem Zeltaufbau beschäftigt sind. Er bellt wie verrückt. Dreht der jetzt total durch? Ich sehe zu, dass ich hinterherkomme.

07

»**Alice! Hi!**« Da ist ja Erik. Er lässt sich überschwänglich von Jack begrüßen. Oh Mann. Was findet Jack nur an diesem Jungen?

»Dein Hund ist ja wie eine Rakete.«

Ich seufze. »Ja, das nervt, Jack geht wirklich zu jedem. Das gewöhne ich ihm schon noch ab«, sage ich und lege ihm schnell die Leine an, weil mich die Typen, die das Zelt aufbauen, nicht besonders freundlich mustern.

»Hunde müssen hier auf dem Tempelhofer Feld angeleint bleiben«, sagt ein braun gebrannter Mann mit gewaltigen Oberarmmuskeln und vielen Tätowierungen und betrachtet uns stirnrunzelnd.

»Das ist nicht irgendein Hund, das ist Jack«, verteidigt Erik den Kleinen überraschend heftig. »Der tut nichts.«

Der Muskelmann nickt. »Okay. Und wer ist das Mädchen? Deine Freundin?«

Erik verzieht sein Gesicht. »Markus, du bist echt so peinlich. Das ist Alice, sie wohnt mit ihrer Mutter und Jack eine Weile bei meinem Vater, bis sie eine eigene Wohnung gefunden haben. Alice, das ist Markus, der Freund meiner Mutter.«

Markus brummt. »Nicht nur ihr Freund, sondern bald ihr Verlobter, mein Lieber. Deine Mutter und ich werden heiraten.« Ich sehe, dass Erik diese Ansage nicht gefällt. So, wie sich Markus in meinen Augen verhält, kann ich das verstehen. Würde meine Mutter sich mit so einem Typen verloben, würde ich auch im Dreieck springen.

»Also. Pass auf deinen Köter auf«, sagt Markus noch mal sehr deutlich. Er starrt auf meine Swells. »Kannst du gut fahren?«

Ich nicke. »Sogar sehr gut«, antworte ich. Eines habe ich gleich erkannt. Bei Markus kann man ruhig klotzen. Er tut es ja selber auch.

Er macht eine ausladende Handbewegung. »Hier gibt's demnächst eine Disco für Inliner, Skater und Rollschuhfahrer. Wenn du Lust hast, dann komm zur Eröffnungsparty. Da brauche ich einen Schwung Leute auf Inlinern, die gute Laune verbreiten. Getränke usw. gehen dann für dich aufs Haus. Ist ja klar. Du kriegst einen VIP-Pass.«

Sofort ist mir Markus deutlich sympathischer.

Ich strahle ihn an. »Danke. Mache ich sehr gerne. Wann geht es los?«

Markus zuckt mit den Achseln. »In ein paar Tagen. Erik sagt dir rechtzeitig Bescheid. Ich möchte noch gerne einen Pool aufstellen, mit Badeinsel. Wir sollen ja richtig Spitzenwetter kriegen. Oder, Kumpel?« Er haut Erik auf die Schulter. »Was sagt deine App?«

Erik zieht sein Smartphone hervor und schaut nach. Er nickt. »Dreißig Grad, bis in den späten Abend«, sagt er.

Markus klatscht in die Hände. »Dann haltet euch mal ran, Männer!«, ruft er und schnappt sich die größte Zeltstange.

»Sorry«, sagt Erik. »Markus ist eigentlich Türsteher im *Planet*, da muss man so bestimmermäßig drauf sein. Er ist eigentlich ganz okay, außer …« Er spricht nicht weiter.

Ich muss grinsen. »Außer, dass er deine Mutter heiraten will. Kann ich verstehen, dass dich das stört.«

Erik seufzt. »Er benimmt sich so, als wäre er mein Vater, aber ich hab doch einen. Er meint, mir fehlt das **männliche** Vorbild, mein Vater ist ja eher so ein lieber Typ.«

Plötzlich tut mir Erik leid, obwohl er mir bisher herzlich egal war, und ich bin sehr froh, dass es mir nicht so geht. Ein Glück, dass meine Mutter in der Sache nicht so einen Stress macht. Mein Telefon klingelt.

»Mama?«, rufe ich. »Was gibt's? Ich bin gut angekommen. Es ist cool hier.«

Meine Mutter quatscht mich aufgeregt voll. Es ist tatsächlich so, dass ich meine hektischen Wortschwallausbrüche von ihr geerbt habe. Das hat sogar unser Schuldirektor in München festgestellt, als es in einem Lehrer-Schüler-Eltern(also Mutter)-Gespräch darum ging, ob ich sitzen bleiben soll oder nicht.

Ich lasse also die Wortdusche meiner Mutter über mich ergehen.

»Alles klar, Mama. Ich bin schon groß. Jaaaa! Viel Spaß. Nein, Schlüssel hab ich.«

Ich stecke das Handy weg und stöhne. Erik schaut mich fragend an. Ich habe das Gefühl, mich erklären zu müssen. »Auf der Fahrt nach Berlin haben wir – also meine Mutter – auf dem Rastplatz einen Typen kennengelernt. Er heißt Harry und ist Porsche-Fahrer aus dem Grunewald, und mit dem hat sie ein Date heute, das wollte sie mir mitteilen. Harrys erste Nachricht an sie hatte ich gelöscht. Aber er ist anscheinend hartnäckig.«

Erik grinst. »**Porsche-Harry aus dem Grunewald**, hört sich irgendwie nach Schneewittchen aus dem Urwald an. Und? Wie findest du den Typen?«

Ich muss plötzlich lachen. »Na, so wie Porsche-Harrys halt sind. Zum Löschen.«

Ich fange an, mich gerade über Erik zu wundern. Hätte ich ihm gar nicht zugetraut, dass er mir erstens zuhört und zweitens auch noch nachfragt. Vielleicht ist er ja doch nicht so eingebildet, wie ich dachte, sondern ganz okay. Typisch verkorkster Junge eben, der auf cool macht.

Das Zelt steht. Ziemlich groß und regenbogenfarben. Mit Scheinwerfern beleuchtet, kann das richtig toll werden. »Wenn Markus was anpackt, dann klappt das«, sagt Erik. »Genau so hat er sich auch meine Ma geangelt. Sie hat hier ein Lager für ihre Requisiten. Hast du Lust, dir das anzugucken? Ich hab einen Schlüssel … Dann kannst du den Flughafen mal von innen kennenlernen.«

Super Idee. Ich zeige auf Jack. »Darf er mit?« Erik nickt. »Na klar. Aber ich würde ihn lieber an die Leine nehmen.«

Erik steigt auf sein Shortboard, und wir cruisen gemeinsam zum Eingang zurück. Im Flughafengebäude ist es viel kühler. Die Flure sind groß und leer, und die Rollen meiner Swells knarzen über den Steinboden. »Ich finde, das sieht hier gar nicht mehr aus wie ein Flughafen.« Ich flüstere, keine Ahnung, warum. »Eher wie ein Gericht oder ein Amt.«

Erik nickt. »Oder wie ein Kloster.«

Auch Jack scheint das zu spüren, denn er läuft brav bei Fuß mit, ohne ein einziges Mal an der Leine zu ziehen oder zu bellen.

Schließlich bremst Erik vor einer hohen Doppeltür aus grobem Metall.

Er zieht einen Sicherheitsschlüssel aus der Tasche und sperrt auf.

Ich starre in das Halbdunkel. »Erlaubt deine Mutter das überhaupt?« Diese Frage schwirrt mir schon die ganze Zeit durch den Kopf.

Erik dreht an einem altmodischen Lichtschalter. »Auf jeden Fall. Sie will sogar, dass ich ab und zu nachsehe, ob alles okay ist.« Meterlange Lampenreihen leuchten auf, erhellen das Lager.

»Wow«, sage ich und bin echt beeindruckt. Ich weiß gar nicht, wo ich zuerst hinschauen soll. Überall Möbel, Kisten, Ständer mit Klamotten in Kleidersäcken. »Das ist ja riesig.«

»Ja«, antwortet Erik. »Meine Mutter sammelt das Zeug ja auch schon seit Jahren. Es war überall in Kellern und Garagen und Lagerhallen verteilt, bis Markus auf die Idee kam, diese Location zu mieten. Jetzt ist alles hier. Wenn meine Mutter für einen neuen Film arbeitet, dann kommt sie mit den Kunden hierher, und dann suchen sie aus, was sie für den Film brauchen. Das ist alles nach Jahren sortiert. Also welcher Schrank oder welches Sofa in welchem Jahr. Es gibt aber auch viel Kleinkram. Also Geschirr und Straßenschilder …«, er zeigt auf Jack, der aufgeregt schnüffelt, »… sogar Hundeleinen aus allen Jahrzehnten.« Erik tätschelt Jack. »Na, Kleener?« Dann dreht er sich zu mir: »Ich wette, er riecht Mäuse. Meine Mutter hat überall Fallen aufgestellt. Die Mäuse knabbern alles an. Die ersten aus den Lebendfallen haben wir noch in die Tierhandlung gebracht, aber jetzt lassen wir sie einfach im Grunewald frei.«

Ich muss kichern. »Bei Porsche-Harry, dem knabbern sie die Reifen durch.«

Erik nimmt meine Hand und zieht mich in die nächste Reihe: »Pass auf, jetzt kommt das Beste …«

Wir bleiben vor einem Regal stehen, dessen Inhalt mit einer Jalousie vor Staub geschützt wird. Er zieht die Jalousie hoch … »Na, was sagst du?«

Mir fallen fast die Augen aus dem Kopf. Alles Rollschuhe und Inliner.

»WIE KRASS!«, rufe ich. Ich zeige auf ein Paar armygrüne. »Guck, genau diese hat meine Mutter. Ich hab mal versucht, damit zu fahren, und mich gleich auf die Nase gelegt. Die haben vorne Stopper, ganz ähnlich wie die weißen Schlittschuhe beim Eiskunstlauf.«

Erik nimmt einen Karton in die Hand. »Weißt du, was das für Inliner sind?« Er nimmt den Deckel ab. In dem Karton befinden sich vier Inliner, sie sind winzig. »Na, errätst du es?«

Ich zucke mit den Achseln. »Nö. Für Babys?«

»Die hat sich ein Hundetrainer ausgeliehen, für einen Familienfilm«, klärt er mich auf. »Ob die an Jacks Pfoten passen?«

»Keine Ahnung, aber das probieren wir auch nicht aus. Der arme Hund. Den Film möchte ich nicht sehen.«

Erik lacht. »Der Film ist auch total gefloppt. Die Tierschützer haben sich unglaublich aufgeregt.«

Kann ich gut verstehen. Ich kurve weiter.

»Irgendwann stehen deine Swells hier auch im Regal, als Oldtimer«, sagt Erik. Er zeigt mir die Long- und Shortboard-Sammlung in der nächsten Reihe. »Die meisten davon habe ich meiner Mutter besorgt, von Kumpels und übers Internet.«

»Ich war mit meiner Mutter mal in Paris«, erzähle ich. »Da gibt es auch so riesige Hallen mit Möbeln und Klamotten und vielen Kleinigkeiten. Aber natürlich nicht sortiert.«

Erik nickt. »Meine Mutter fährt auch herum und sammelt Trödel.«

Wir bleiben vor einer Wand stehen, an der alte Filmplakate hängen, mit Autogrammen der Schauspieler. Davor stehen verschiedene Requisiten.

»Darauf ist meine Mutter ganz besonders stolz«, sagt

Erik. »Hier auf dem Flughafen ist nämlich mal ein Film gedreht worden.«

Ich zeige auf das Schwarz-Weiß-Programm, das hinter Glas in einem Rahmen an der Wand hängt. »Dieser? *Die endlose Nacht?*«

»Das war in den Sechzigerjahren, und als meine Mutter das hier gemietet hat, hat sie alles gesammelt, was noch von dem Dreh hier herumstand. In dem Film geht es um mehrere Leute, die nicht abfliegen können, wegen Nebel, und die Nacht im Flughafen verbringen müssen …«

Das finde ich total spannend. »Gibt's den Film denn noch?«, frage ich.

Erik nickt. »Markus hat herausgefunden, dass man ihn noch ausleihen kann. Er will damit eine Open-Air-Kinonacht veranstalten.«

Ich gehe total gerne ins Kino. »Das muss ich unbedingt sehen«, sage ich. »Markus ist ja echt fit …«

»… wenn er als Ersatzvater nicht so nervig wäre«, ergänzt Erik. Wir müssen beide lachen.

»Und wo ist deine Mutter jetzt?«, frage ich.

»Sie bereitet einen Film vor«, antwortet Erik. »Dafür trifft sie sich mit dem Regisseur und dem Assistenten, und sie selber hat auch noch eine Assistentin, sie machen eine Liste anhand des Drehbuchs, was alles gebraucht wird, und dann gucken sie, ob sie das in ihrem Fundus finden oder noch woanders einkaufen oder ausleihen müssen. Das wird ein historischer Film aus dem Zweiten Weltkrieg, es werden auch Szenen in Babelsberg gedreht, im Studio.«

Hört sich sehr spannend an.

»Meine Mutter dreht auch in Babelsberg im Studio«, sage ich. »Sie ist ja Maskenbildnerin, die Serie, bei der sie arbeitet, ist eine neue Schnulze. Heißt *Liebe in Großstädten*. Schrecklicher Titel, oder?«

Erik lacht. »Finde ich auch. Diese ganzen Serien sind echt schlimm. Meine Mutter macht das auch ab und zu, aber dafür braucht man nicht viele von den Requisiten, die sie vermietet. Höchstens für historische Serien.«

Er drückt seine Hand gegen seinen Bauch. »Mann, ich hab Hunger. Du auch?«

08

»**Deine Pfannkuchen** sind echt die allerbesten«, sagt Erik zu Lotte. Er hat schon den dritten in Arbeit, dieses Mal mit Schinken und Ananas.

»Das sind Crêpes«, korrigiert ihn Lotte und legt einen Crêpe mit Marmelade auf meinen Teller. »Probier mal, Walderdbeermarmelade mit Pfeffer. Schmeckt völlig verrückt.« Eigentlich bin ich schon längst satt. Ich schneide eine winzige Ecke ab und teste. »Wirklich lecker«, sage ich überrascht und esse weiter.

»Schreibst du unsere Pfannkuchen auf die Rechnung von Markus, bitte?«, sagt Erik. »Ich habe Alice eingeladen, falls er nachfragt.«

Lotte grinst. »Dein Stiefvater würde dir auch glauben, dass du sechs von den Dingern gegessen hast. Wetten?«

Die Drachensteiger-Kindergruppe stürmt auf den Crêpes-Stand zu. »Pfannkuchen, Pfannkuchen, Pfannkuchen«, schreien sie begeistert.

»Siehste, Lotte«, sagt Erik, »die Kids wissen auch, was es hier bei dir gibt. Pfannkuchen!«

Lotte schlägt mit einem Kochlöffel nach ihm. »Erik, sag mal, hat deine Mutter auch so Friseurkram aus den Fünfzigern? Esther und ich möchten für ihre Zwischenprüfung so ein kleines Video drehen, mit den Utensilien von damals. Wir haben ein superlustiges Drehbuch geschrieben. Den Film will sie als Arbeit abgeben. Dürfen wir mal in den Fundus gucken? Wir brauchen übrigens noch ein Model für den Film. Wie wäre es mit dir, Alice?« Sie schaut mich an.

»AHH! Sorry. Für Haarefärben stehe ich nicht zur Verfügung«, sage ich panisch.

Erik lacht. »Wieso denn nicht? Hellblaue Punkte würden dir gut stehen. Oder nehmt doch Jack.«

Ich schüttle den Kopf. »Auf gar keinen Fall. Mein armer Hund.«

Lotte beruhigt mich. »Hey, wir nehmen doch keine echte Farbe. Das soll ja kein Dokumentarfilm werden. Wir nehmen Spaßfarben, die sich wieder rauswaschen, und Kunsthaarsträhnen. Du kannst dir ja mal das Drehbuch durchlesen. **Okay**?«

Ich habe gar keine Lust und bin auch eine richtig schlechte Schauspielerin. Bei einer Weihnachtsaufführung habe ich mal eine Tanne gespielt und bin in den Zuschauerraum gefallen. Aber ich will Lotte nicht gleich vor den Kopf stoßen. »Ich überlege es mir«, sage ich. Hoffentlich vergisst sie es wieder. »Super!«, ruft sie. »Ich sag gleich mal Esther Bescheid.«

Erik schneidet eine schadenfrohe Grimasse. Zum Glück

ist Lotte damit beschäftigt, die hungrige Kindermeute mit Crêpes und Apfelmus zu versorgen.

»Okay, dann danke«, sage ich zu Erik. »War echt spannend. Ich düse mal nach Hause, ich komme auf jeden Fall in den nächsten Tagen wieder. Auch wegen der Disco und so.«

Erik verabschiedet sich noch ausgiebig von Jack, der wie verrückt um ihn herumhüpft.

»Tschüss, Alice!«, ruft Lotte. Sie kommt auf mich zu und nimmt mich in den Arm. »Sehe ich dich morgen?« Lotte riecht lecker, eine Mischung aus Crêpes-Teig, Vanillezucker und Pfirsichshampoo. Ich habe den Duft noch in der Nase, als ich mit Jack Richtung U-Bahn cruise.

Die Sonne strahlt wie verrückt, und mir ist heiß. Eigentlich habe ich gar keine Lust, in der kalten U-Bahn zu verschwinden und dafür auch noch Geld zu bezahlen. »Was geht, Jack?«, frage ich. »Schaffen deine Pfoten das noch bis nach Hause?« Lotte hatte ihm noch eine Schale Wasser zu trinken gegeben, und er hatte eine runtergefallene Knackwurst abgestaubt auf dem Weg zurück vom Fundus zum Crêpes-Stand. Also müsste er noch gestärkt genug sein. Die Crêpes rumpeln in meinem Bauch, der Walderdbeer-Pfeffer war einer zu viel. Also noch mal ein bisschen Sport.

Ich schaue mich um. Direkt an der U-Bahn hängt ein Stadtplan. Mal gucken, wie wir nach Hause kommen. Total leicht. Einfach die Kolonnenstraße entlang, die Hauptstraße kreuzen. Dann sind wir schon fast da. Das geht flott, denn die Kolonnenstraße verläuft abschüssig.

»Sooo! In die Hufe, Jackboy«, rufe ich. »Jetzt flitzen wir mal ganz schnell nach Hause.«

Das geht wirklich super. Schade, dass es keinen Fahrradweg gibt, dann wäre ich noch schneller. Dafür denken die Fahrradfahrer, dass sie den Bürgersteig genauso nutzen dürfen wie die Fußgänger. Ich umschiffe einige Fahrräder auf den letzten Drücker, sie klingeln mich frech und laut zur Ordnung. Total unverschämt. Ich bin im Flow. Denn auf den Swells schwebt man wirklich wie eine fliegende Untertasse über den Erdboden. Markus, das Event-Genie, könnte doch einen Halbmarathon für Inliner auf dem Tempelhofer Feld organisieren. Das wäre großartig, und viele Leute würden mitmachen. Muss ich ihm unbedingt vorschlagen, wenn ich ihn das nächste Mal spreche. Markus ist echt schräg. Da ist mir Porsche-Harry aus dem Grunewald auf den ersten Blick sympathischer gewesen. Ich weiß gar nicht, wie meine Mutter Männer mit Tattoos findet. Markus ist ja überall tätowiert, auch im Gesicht. Meine Mutter kann super Tattoos schminken. Zum Münchener Fasching hat sie sich für eine Party als Katherine von Drachenberg, so eine Tattoo-Artistin, gestylt. Das sah großartig aus, und sie hat mit ihrem Outfit sogar den zweiten Platz bei der Wahl zur Faschingsqueen gemacht. Jetzt möchte ich unbedingt Doris kennenlernen, die Mutter von Erik. Vielleicht ist die ja auch tätowiert. Würde ich mich eigentlich tätowieren lassen? Hm. Ich könnte mir meine Swells auf die Wade tätowieren lassen. Oder was ich auch hübsch finde: über den Augenbrauen so kleine

Sternchen. Aber die kann man mit einem Kajalstift einfach aufmalen. Meine Mutter hat mir sogar gezeigt, wie man das macht.

Berlin ist einfach cool. Ich habe es ja gleich gewusst. Erik ist echt in Ordnung und Lotte sowieso. Die könnte eine richtig tolle Freundin für mich werden.

Ich versuche mal die angeschraubten Fersenbremsen, um meine Geschwindigkeit zu drosseln. Das geht ja super. Jack bremst auch und hechelt fragend. In diesem Augenblick kommt das Fahrrad von links und erwischt mich mit dem Lenker am Ellbogen. Ich schreie vor Schmerz laut auf, werde mehrmals um mich selber herumgewirbelt und torkele orientierungslos herum, bis mich ein kräftiger Baumstamm aufhält, an dem ich mich panisch festklammere. Jack bellt wie verrückt. Ich hab mir am Baum den Kopf gestoßen, denn meine Stirn schmerzt höllisch.

Jemand packt mich und ruft panisch: »Alice! Alice, bist du verletzt?«

Im ersten Augenblick kommt mir die Stimme nicht bekannt vor. Ich versuche zu gucken, wer das ist, aber ich kriege die Augen gar nicht richtig auf. Erst nach mehrmaligem Blinzeln erkenne ich den Fahrradfahrer. Es ist Valentin, der Segwayer. »Valentin«, keuche ich, krächze ich. Meine Stimme hat durch den Zusammenstoß offensichtlich Schaden gelitten.

»Ah, das ist schon mal gut. Dein Gehirn funktioniert noch!«

Unverschämt, der Junge.

»Autsch!« Mein Kopf tut total weh.

»Soll ich einen Krankenwagen rufen?«, fragt Valentin besorgt.

Nein, auf gar keinen Fall, will ich schreien. Dann stehen morgen meine Swells bei Ebay oder verpackt in einem Paket nach München zu Billie. Meine Mutter ist in solchen Sachen sehr radikal.

»Nee.« Mehr bringe ich nicht heraus. »Mir tut nur ein bisschen der Kopf weh.« Ich taste vorsichtig meine Stirn ab. »Ich glaube, das gibt 'ne Beule. Wovon eigentlich?«

Valentin nickt. »Sieht so aus. Vom Baum. Ich hab dich am Arm getroffen. Tut dir denn der Arm gar nicht weh?« Er drückt auf meinem linken Ellbogen herum. Aber da ist nichts.

»Ich wohne gleich um die Ecke«, sagt Valentin. »Darf ich dir ein Getränk und ein paar Eiswürfel für deinen Kopf anbieten? Oder willst du sofort nach Hause ...«

»Eiswürfel wären, glaub ich, ganz gut«, sage ich.

Valentin lächelt. »Super. Willst du deine Swells ausziehen und lieber barfuß laufen oder dich auf mein Rad setzen? Ich kann dich schieben.«

»Hey, ich bin doch keine alte Oma.« Ich setze mich leicht wackelnd in Bewegung.

Valentin stützt mich die ersten paar Meter. Wir biegen in eine Seitenstraße ein, und dann stehen wir vor seiner Haustür. Ein richtig schicker Berliner Altbau mit gefärbten Kacheln in der Eingangshalle und einem Aufzug aus Eisen, wie in alten Filmen von Alfred Hitchcock. Valentin errät meine Gedanken und lacht. »Keine Angst. Der Aufzug ist nicht lebensgefährlich. Wir wohnen im Dachgeschoss. Die fünf Etagen willst du nicht laufen, oder?«

Nee, das will ich natürlich nicht. Und Jack mit seinen kurzen Beinen auch nicht. Valentin stellt sein Fahrrad auf dem Hof ab, und dann ruft er den Aufzug. Das geht nur mit einem Schlüssel. »Meine Eltern sind noch bei der Arbeit«, sagt er, als er die Wohnung aufsperrt. »Mein Vater hat den Fahrradladen, und meine Mutter macht den Segway-Verleih.«

Er öffnet eine Tür. »Mach es dir in meinem Zimmer gemütlich. Ich hole uns was zu trinken und Eiswürfel. Und für Jack was zu schlabbern. Willst du Cola?«

»Ja, bitte, Cola«, antworte ich und gehe in sein Zimmer. Schon wieder so ein Jungszimmer. Das gleiche *AC/DC*-Konzertplakat an der Wand. Auf dem Fußboden liegen Kleidungsstücke herum. Jeans, Socken, dazwischen Turnschuhe. Ganz schön unordentlich.

Ich sehe Valentin zu, wie er Jack eine große Schüssel mit Wasser hinstellt. Jack schlabbert durstig los, er musste ja auch wirklich schnell laufen, als ich die Kolonnenstraße hinuntergerast bin. Ich mache meine Swells auf und ziehe sie aus. Meine Füße brennen wie Feuer.

Valentin reicht mir die Cola und drückt mir ein Kühlpad gegen die Stirn.

»Tut mir so leid, dass ich dich umgenietet habe«, sagt er. »Aber auf einmal standst du vor mir, das ging so schnell, ich weiß wirklich nicht, wie das genau passiert ist …«

Ich unterbreche ihn. »Ich habe die Bremsen an den Swells getestet«, sage ich.

Valentin schaut mich verständnislos an. »Häh?«

»Die meisten Inliner haben keine Bremsen«, erkläre ich. »Aber an die Powerslides kann man Bremsen anschrauben. Das beruhigt meine Mutter ungemein, aber wie man sieht, ist das mit dem Bremsen nicht immer super. Hätte ich nicht gebremst, wäre ich schon weg gewesen, als du abgebogen bist. Stimmt's?« Das Kühlpad auf meinem Kopf tut echt gut.

»Aha«, sagt Valentin. »Blöder Zufall.«

Allerdings. Ich zeige auf das *AC/DC*-Plakat. »Warst du auf dem Konzert?«

Valentin nickt. »Ja, mit meinem Kumpel, in Hannover. Wir haben gezeltet, am nächsten Morgen sind wir von einem Sturzregen weggeschwemmt worden. Das war der Hammer. Wir sind auf dem schlammigen Boden direkt vor den Tourwagen der Band geschliddert, und die Typen standen gerade auf und kriegten Frühstück. Sie haben uns eingeladen, und wir haben mit der Band Croissants und Kaffee geteilt. Das werde ich mein ganzes Leben lang nicht vergessen.«

Die Geschichte hört sich wirklich verschärft an. »Dein Kumpel heißt nicht zufällig Erik?«, frage ich.

Valentin schaut mich erstaunt an. »Ja, genau. Kennst du ihn etwa?«

»Das ist ja echt ein Zufall!« Ich grinse. »Ich wohne in seinem Zimmer, und das *AC/DC*-Plakat hängt gegenüber von seinem Bett. Sein Vater hat die Wohnung an meine Mutter und mich vermietet, vorübergehend.«

Valentin trinkt einen großen Schluck Cola und schaut in sein Glas. »Wahnsinn. Das ist wirklich ein Zufall. Und die Leuchtschlümpfe, die über seinem Kopfkissen kleben, die hat er von mir. Hab ich ihm zum siebten Geburtstag geschenkt.«

Das finde ich so witzig, dass ich mich an der Cola verschlucke. »Lustig. Ich habe früher auch Schlümpfe gesammelt.«

Ich gucke, ob Valentin auch noch irgendwo Schlümpfe hat, aber ich finde keine. »Kennst du Esther und Lotte auch?«, frage ich.

Valentin runzelt die Stirn. »Ja, schon.« Er dreht sich weg und steht auf. Anscheinend will er nicht weiter über die anderen reden. Er guckt nach Jack. Der bewacht sein Wasser, im Halbschlaf. Valentin krault ihn hinter den Ohren. Jack brummt zufrieden.

Was ist los?, würde ich gerne fragen. Irgendwas scheint da nicht zu stimmen. Ob sie sich gestritten haben? Aber irgendwie traue ich mich nicht zu fragen.

»Seit wann bist du hier in Berlin?«, fragt Valentin.

»Erst ganz kurz«, antworte ich. »Aber es ist schon so viel passiert. Jack ist mir gleich am ersten Tag zugelaufen. Es hat geschüttet, und er wollte einfach bei mir bleiben. Und meine Mutter wollte ihn nicht in der Wohnung behalten, hat es dann aber doch nicht übers Herz gebracht hat, ihn auszusetzen. Sie ist echt lieb. Hab ich recht, Jack?«

Der Hund kommt angelaufen, setzt sich auf meine Füße und brummt zufrieden wie ein kleiner Motor.

»Hört sich ja fast an wie Schnurren.« Valentin lacht.

»Wie das Schnurren eines Raubtiers, eines Löwen oder so«, ergänze ich.

Plötzlich werde ich verlegen, weil er mich so mustert. Ich kann mir schon vorstellen, dass die beiden beste Freunde sind – oder waren. Wer weiß.

Valentin sieht wirklich gut aus, ganz anders als Erik. Erik sieht auch sehr gut aus, aber eher wie so ein Boygroup-Typ, auf den stehen bestimmt total viele Mädchen. Valentin sieht irgendwie besonders aus. Er hat ein schmales Gesicht, aber eine ziemlich platte Nase und total struppige braune Haare, die sich tausendmal kringeln. Kann mir gar nicht vorstellen, wie man da ohne Schmerzen mit einer Bürste durchkommt.

Anscheinend bemerkt Valentin, dass ich auf seine Haare starre. Er fährt sich verlegen mit der Hand über den Kopf und sagt: »Ja, ich weiß. Chaos auf dem Kopf. Ich müsste mal wieder zum Friseur. Andreas hat mir seit der ersten Klasse die Haare geschnitten, als Erik und ich noch Freunde waren. Die Haare hab ich von meinem Vater, oder besser gesagt, meiner Oma. Sie kommt aus Nigeria. Mein Vater ist halb Nigerianer und halb Engländer, er hat total krasse Rastalocken.«

»Abgefahren!«, rufe ich. Mit solchen Eltern hat man keinen Bad-Hair-Day. Ich springe auf. »Ich sollte mal gehen. Vielen Dank für Cola und Eis.«

Valentin lächelt mich total nett an. »Vielen Dank für deinen Besuch«, sagt er. »Na, er war ja eigentlich nicht geplant. Wenn ich dich nicht umgenietet hätte ... Wie kommst du denn jetzt nach Hause?«

Ich gucke überrascht. »Auf den Swells. Ohne zu bremsen, denke ich.« Ach so, ich muss sie natürlich wieder anziehen. Ich bücke mich vorsichtig. Klappt alles prima, auch der Kopf tut nicht mehr weh.

»Ich befürchte, du wirst eine Beule kriegen«, sagt Valentin und berührt ganz vorsichtig meine Stirn. Ich zucke zusammen, als hätte mich ein Blitz getroffen.

»Huch!«, rufen wir beide gleichzeitig.

»Aufgeladen«, sagt Valentin und zeigt auf den Teppich. »Elektrischer Schlag.«

Ja, bestimmt. Das wird es sein. Er bringt mich zum Aufzug und fährt mit mir hinunter.

»Also dann«, sage ich und rolle los. Ich bin schon fast aus der Haustür, als Valentin hinter mir herläuft und mich am Arm packt, so fest wie vorhin, als ich um den Baum gewickelt dastand.

»Hast du Lust auf Kino? Heute Abend? Im *Odeon* auf der Hauptstraße, da laufen nur Originalfilme. Im Moment gibt's eine Retro mit **Jack Sparrow**.« Er zeigt auf meinen Hund.

Ich nicke nur.

»Okay. Um sieben am *Odeon*«, sagt er, und dann lässt er den Aufzug stehen und läuft in Höchstgeschwindigkeit die Treppen hinauf bis unters Dach.

09

Als ich – ohne weiteren Unfall – wieder zu Hause bin, ist meine Mutter schon mit Porsche-Harry unterwegs. Ich bin deshalb auch gar nicht sauer, dann muss ich mich wenigstens nicht mit bohrenden Fragen herumschlagen, was mein Horn auf der Stirn angeht.

Esther, der ich Hallo sage, fällt es natürlich sofort auf.

»Ich habe gebremst«, sage ich kryptisch.

»Wie?«

»Ich habe meine Bremsen ausprobiert, und da stand ein Baum im Weg.«

Esther macht riesige Augen. »Ach du Sch…«

Von Valentin sage ich nichts, irgendwie ist mir nicht danach. Auch zu Andreas nicht. Valentin und Erik waren mal best friends. Hmm. Was ist da passiert? Andreas begutachtet mein Horn und gibt mir eine Salbe, die beim Abschwellen helfen soll. Homöopathisch, ganz harmlos, versichert er.

Gabriel und er sind heute bei Freunden auf einen Geburtstag eingeladen, und er ist ganz besorgt um mich.

»Ich komme alleine klar«, versichere ich mehrmals.

Dass ich ins Kino gehe, ist ja schließlich meine Angelegenheit. Mein Einhorn decke ich mit Camouflage aus Mamas Schminkkoffer ab, damit nicht jeder sofort darauf starrt. Das ist nämlich wirklich lästig.

»Deine Freundin Lotte ist total in Ordnung«, sage ich zu Esther.

Esther nickt. »Und wie. Habe gehört, sie hat dich für mein kleines Video angeheuert? Ich bringe dir morgen das Drehbuch mit.«

Mist. Ich hatte gehofft, dass Lotte es vergessen hat. »Mal sehen«, sage ich. »Ich bin eine megaschlechte Schauspielerin.«

Esther lacht. »Für mein Video ist das goldrichtig. Das soll ja alles crazy und total überzogen wirken.«

Zum Abschied nimmt sie mich genauso selbstverständlich in den Arm wie Lotte. Ich schnuppere. »Ihr benutzt dasselbe Pfirsichshampoo«, sage ich.

Esther lacht. »Ja, kann sein.«

Sie schwirrt ab in Richtung U-Bahn.

Ich versorge Jack erst mal mit einer riesengroßen Portion Futter. Der Kleine hat sich das wirklich verdient. So lange, wie er heute auf den Pfoten war. Ins Kino werde ich ihn nicht mitnehmen, er ist ohnehin so müde, dass er gleich nach dem Fressen auf meinem Kissen einschläft.

Ich jage ihn ausnahmsweise nicht weg und öffne meine Koffer, um nach frischen Klamotten zu suchen. Ich schmeiße den ganzen Kram auf den Fußboden, sodass es in meinem Zimmer schließlich so aussieht wie bei Valentin.

Endlich finde ich in dem ganzen Chaos meine Lieblingsjeans und borge mir von meiner Mutter den aprikosenfarbenen Baumwollpullover aus. Den habe ich ihr nur aufgeschwatzt, damit ich ihn mir mal ausleihen kann. Die Farbe steht ihr nämlich gar nicht. Swells oder normale Turnschuhe? In München sind Inliner in manchen Kinos verboten, wegen der Geräusche, die sie auf dem Boden machen. Also, kein Risiko eingehen. Turnschuhe. Es läuft sich richtig komisch darauf, nachdem ich immer nur die Swells anhatte.

Ich schaue mir auf dem Stadtplan an, wie ich zum Kino komme. Das ist ja wirklich ein Katzensprung. Ich gucke noch mal schnell nach Jack, bevor ich losgehe. Der schläft tief und fest, und ich schiebe ihm mein verschwitztes T-Shirt unter, damit er keine Panik kriegt, wenn er aufwacht und ich nicht da bin. Meiner Mutter schreibe ich einen Zettel: *Bin im Kino, Kusskuss.* Obwohl ich sicher bin, dass sie erst mitten in der Nacht heimkommt. Es sei denn, der Porsche-Harry ist ein Flop.

Ich nehme die Abkürzung durch einen kleinen Park, vorbei an einer gemütlich aussehenden Bibliothek, dann bin ich auch schon auf der Hauptstraße und sehe auf der anderen Straßenseite das Kino *Odeon*. Meine Englischnote ist fast so schlimm wie meine Deutschnote, und deshalb bin ich heilfroh, dass der erste Teil von *Fluch der Karibik* läuft, den habe ich schon auf Deutsch gesehen. Den zweiten Teil würde ich wahrscheinlich gar nicht richtig verstehen. So kann ich diesen Besuch gleich als kleine Englischübung abhaken, wenn meine Mutter nachfragt.

Mir ist plötzlich echt mulmig, weil ich mich einfach so mit einem ziemlich unbekannten Jungen, der mich versehentlich mit seinem Fahrrad umgenietet hat, zum Kino verabredet habe.

Ich bin viel zu früh, und Valentin ist zu spät dran. Das ist wirklich eine gute Eigenschaft von mir. Ich komme nie zu spät. Ich schließe einen Pakt mit mir. Wenn er um zehn vor halb noch nicht da ist, gehe ich wieder nach Hause. Neunzehndreiviertel Minuten nach sieben, oder besser gesagt, zehneinviertel Minuten vor halb rast er auf den Kinovorplatz. Wenn er heute Nachmittag auch so schnell gefahren ist, wundert es mich nicht, dass er mich umgefahren hat. Zwei Mädchen kreischen laut, als er aus voller Geschwindigkeit vom Sattel springt.

»Tolle Zirkuseinlage«, lobe ich ihn. Aber eigentlich bin ich ja sauer, dass er mich so ewig warten lässt.

»Sorry, sorry, sorry!«, ruft er. »Bei uns zu Hause gab es Stress, meine Eltern wollten mich nicht weggehen lassen, und ich hab doch deine Handynummer gar nicht.«

Das stimmt. Die haben wir nicht ausgetauscht.

»Und jetzt?«, frage ich, und ich höre, wie meine Stimme immer noch pampig klingt. »Jetzt bin ich einfach los, ohne dass meine Eltern es erlaubt haben«, antwortet er. »Hast du schon Karten?« Natürlich nicht. Ich schüttle den Kopf. »Zwei Mal Schüler, bitte.« Er lächelt die Kartenverkäuferin so hinreißend an, dass sie ihm die ermäßigten Karten verkauft, obwohl ich nur den Münchener Schülerausweis vorzeigen kann. Wieso habe ich den überhaupt noch in meiner Tasche?

»Popcorn? Süß? Salzig?« Er wartet gar nicht auf meine Antwort, sondern kauft eine XL-Tüte salzig und zwei Colas.

Das Kino gefällt mir. Er sieht heruntergekommen und altmodisch aus, mit einem zerschlissenen Samtvorhang, der sich gerade langsam öffnet, als wir uns auf unsere Plätze setzen. »Mann, was für ein stressiger Tag.« Valentin seufzt und streicht sich über die Haare. Sie sind nass und gebürstet. Mir schwappt eine Ladung Pfirsichshampooduft entgegen.

»Wieso guckst du so?«, fragt er in diesem Moment.

»Benutzt ihr alle Pfirsichshampoo?« Valentin schaut verwirrt. Ich winke ab. »War nur so eine Frage.« Ich greife ins Popcorn und konzentriere mich auf die beginnende Werbung. In der ersten Hälfte des Films kann ich mich überhaupt nicht entspannen, obwohl ich jeden englischen Satz verstehe. Unruhig rutsche ich auf meinem Sitz herum und vertilge tonnenweise Popcorn. Der Pfirsichgeruch macht mich irre. Immer wieder ploppen Bilder des heutigen Tages vor meinem inneren Auge auf: wie Lotte Crêpes backt und mich anlächelt; wie Esther sich freut, dass ich in ihrem albernen Video mitmachen will; Valentin, wie er meine Stirn berührt. Ausgelöst werden diese Erinnerungen eindeutig durch die Pfirsichschwaden. Ist ja fast ein Wunder, dass Erik nicht auch danach gerochen hat. Ich halte die

Luft an, aber das ist auch keine Lösung. Ich muss schrecklich husten, und so beschließe ich, auf Toilette zu gehen. »Bin gleich wieder da«, flüstere ich Valentin zu und flüchte mich in die leere Toilettenkabine.

Was ist bloß los? Ich könnte hier sitzen bleiben, bis der Film vorbei ist. Aber Valentins Gegenwart stresst mich auf unerklärliche Weise. Ich bin doch nicht in ihn verknallt? Mein Herz fängt an zu rasen wie verrückt. Ich versuche, in meinen Bauch zu atmen wie beim Yoga.

Es klopft an meiner Tür. »Alice!« Das ist Valentin. »Alice, geht's dir nicht gut?«

Ich muss mich heftig räuspern, bevor ich antworten kann. »Alles gut.« Meine Stimme ist nur noch ein Stimmchen. **Oh nein.** Ich beuge mich über das Waschbecken und schütte mir kaltes Wasser ins Gesicht.

Erst dann schließe ich die Tür auf.

»Alice!« Valentin schaut mich schockiert an. »Du bist ja ganz blass.« Er zieht mich aus der Toilette. »Vielleicht hast du doch eine Gehirnerschütterung von unserem Crash.«

Ich schüttle den Kopf. »Nee, auf keinen Fall. Ist irgendwie der Kreislauf, von der Hitze im Kinosaal …« Ich blubbere Sätze vor mich hin, die ich selber nicht verstehe.

»Willst du den Film noch zu Ende gucken oder lieber frische Luft?«, fragt er und zeigt nach draußen.

Ich nicke dankbar. »Lieber bisschen rumlaufen.«

Die Kartenverkäuferin schaut uns fragend an.

»Kreislauf«, sagt Valentin entschuldigend und deutet auf mich. »Der Film ist super. Besonders Jack Sparrow.«

Die Frau nickt. »Finde ich auch. Ich hab den Film schon sieben Mal gesehen.«

Valentin dreht den Daumen nach oben. »Klasse.«

Er zwinkert mir zu, und wir verschwinden.

»Komm wir gehen rüber in den Lassenpark«, sagt Valentin, als wir ein paar Schritte gelaufen sind. »Wir haben früher dort gewohnt.« Er zeigt auf ein Mehrfamilienhaus ganz in der Nähe. »Unterm Dach. Mein Vater hat die Wohnung ganz alleine ausgebaut, er ist nämlich eigentlich Architekt. Hier in der Bücherei hab ich nach der Schule immer meine Hausaufgaben gemacht.« Er zeigt auf die Bibliothek, an der ich vorhin schon vorbeigelaufen bin.

Wir suchen uns einen schönen sonnigen Platz, und Valentin zieht seine Jacke aus, damit ich mich daraufsetzen kann. »Wieso arbeitet dann dein Vater nicht als Architekt?«, frage ich überrascht.

»Das wurde ihm zu stressig«, sagt Valentin. »Sein Arzt hat ihm geraten, sich ein Hobby zu suchen. Irgendwas mit Sport. Er hat mit Fahrradfahren angefangen und hat sich dann mit dem Laden selbstständig gemacht. Meine Mutter hat ihren Job im Kinderladen gekündigt, und seitdem arbeiten sie zusammen. Die Wohnung haben sie verkauft.« Er streckt sich auf der Wiese aus und blinzelt in die Abendsonne. »Ich komme immer noch gerne hierher. Hast du nicht auch so einen Platz von früher, wo du heute noch gerne bist?«, fragt er.

So etwas hat mich bisher noch niemand gefragt.

»Nö«, antworte ich. »Wir haben ja noch nie lange irgendwo gewohnt. Ich bin in Frankfurt geboren, daran kann ich mich gar nicht mehr erinnern. Durch den Job meiner Mutter ziehen wir ständig um, also ihrer Arbeit hinterher. Die Kinder von ihren Kollegen sind fast alle im Internat. Meinen Vater kenne ich gar nicht.« Ich strecke mich ebenfalls lang und reiße Grasbüschel aus der Erde. »Wir haben mal in einem Haus am Waldrand gewohnt. Ich weiß gar nicht mehr, wo das war. Aber es gab Eichhörnchen, die haben immer Früchte gegen meine Fensterscheibe geworfen, und ich hab geheult, weil ich dachte, das sind Geister, die mich ärgern wollen.«

Valentin lacht. »Hier machen nur die Tauben Krach und die Elstern, die werfen auch mit Sachen um sich. Ich war mal mit Lotte im Freibad, dort haben sie ihr das Fußkettchen abgerissen. Da war totales Theater.«

Ich setze mich auf. Ob die beiden zusammen sind? Oder waren? Wenn sie noch zusammen wären, wäre Valentin jetzt wohl kaum mit mir unterwegs. Oder?

»Das ist wirklich lustig, dass ich euch jetzt alle nacheinander an einem Tag kennengelernt habe«, sage ich.

»Dann hast du ja in der kurzen Zeit schon alle interessanten Leute getroffen«, sagt Valentin und grinst.

Ich werfe ihm spontan ein Grasbüschel ins Gesicht. »Ja, vor allem dich, oder was?«

Valentin spuckt, er hat Gras in den Mund gekriegt. »Igitt«, ruft er. »Ich hab Sand zwischen den Zähnen.« Er schnappt mich und verdreht mir den Arm.

»Au, Hilfe«, schreie ich.

Ich beiße in seine Jacke und erwische ein Stück Haut. Jetzt schreit Valentin. Ich schaffe es, mich zu befreien, und renne weg. Er folgt mir. So toben wir schreiend und lachend durch den Park, bis wir uns völlig außer Atem in den Buddelkasten des Kinderspielplatzes fallen lassen und uns mit Sand bewerfen. Schließlich können wir beide nicht mehr. Ich spüre überall Sand auf der Haut.

»Ist das eklig«, schimpfe ich.

Valentin zieht mich aus dem Sand hoch. »In diesem Sandkasten habe ich früher Kuchen gebacken«, sagt er. »Da hilft nur schnell duschen. Komm.«

Wir laufen zurück zu seinem Fahrrad, das noch vor dem Kino steht. »Setz dich auf den Gepäckträger«, sagt Valentin. Die Kartenverkäuferin hockt auf den Eingangsstufen und raucht. Sie schaut uns überrascht hinterher, als Valentin mit mir als Last davonstrampelt.

10

»Du brauchst mich nicht nach Hause zu fahren, ich laufe!«, rufe ich und umklammere krampfhaft den Sattel, weil Valentin trotz meines Gewichts sehr schnell fährt.

»Tu ich auch nicht!«, ruft er. »Wir fahren woanders hin.«

»Wohin denn?«, frage ich.

»Zum Duschen …«

»Wie bitte?« Ich lese die Straßenschilder. *Hauptstraße, Dominicusstraße* … »Wohin?«, brülle ich.

»*Insulaner!*«

Insulaner? Das habe ich doch schon mal gehört oder irgendwo gelesen. Der Junge fährt wirklich wie der Teufel. Wir kommen durch eine Wohngegend mit Schrebergärten. Man hört Kinderlachen, Hundegebell, und es riecht wieder einmal nach Grillzeug. Das scheint hier in Berlin ja noch beliebter zu sein als in München, denke ich. Es geht ein Stück bergauf.

»Kannst du noch?«, frage ich besorgt. »Soll ich lieber absteigen?«

»Da ist die Friedrich-Foerster-Sternwarte«, keucht Valentin und zeigt auf ein Gebäude. »Und da vorne ist das Insulanerbad. Da war meine Mutter früher mit den kleinen Kindern, als sie noch Erzieherin war. Da gehen wir jetzt duschen und, wenn du Lust hast, schwimmen. Du hast Lust, oder?«

Für einen kurzen Moment denke ich, der Junge hat den Verstand verloren.

»Aber die haben doch sicher schon zu, oder?«, frage ich.

Valentin nickt. »Ja, die schließen um halb acht.«

Ich stoße einen hysterischen Schrei aus. »UND WAS HAST DU VOR? Mit mir die Türschlösser knacken, über den Zaun klettern, ein Loch in die Mauer sprengen oder dich wie ein Bergsteiger abseilen? Da lief kürzlich so ein Film, in dem Jugendliche in ein Schwimmbad einbrechen …« Ich kriege kaum noch Luft, so rede ich mich mal wieder in Rage. »… das willst du jetzt nicht machen, oder?«

Ich wette, dass es bei uns schiefgeht, und dann kommt die Polizei, und meine Mutter muss uns im Revier abholen, und bestimmt darf ich dann Jack nicht behalten. In meinem Kopf brummt es wie in einem Bienenstock.

Valentin legt beruhigend den Arm um meine Schulter und flüstert in mein Ohr: »Hey, beruhig dich. Ich hab da meine Connections, alles völlig legal.«

Ich schnappe nach Luft und atme das Pfirsichshampoo ein und frage ganz ruhig: »Hört sich nach Mafia an. **Connections**. Was genau hast du vor?«

Am Schwimmbadeingang gibt es eine Klingel. Die drückt Valentin jetzt. Nach einem kurzen Moment taucht ein Typ in Badelatschen, kurzer Hose und einem Shirt mit der Aufschrift *I am an Insulaner* hinter dem Zaun auf, hebt die Hand zum Gruß und schließt das Tor auf.

»Val«, sagt er. »Was ist los?«

Er mustert mich und nickt mir freundlich zu.

»Hi«, sage ich schüchtern.

»Wir müssten mal duschen, hatten Sandkontakt«, sagt Valentin. »Und eine Runde schwimmen?«

Der Typ macht eine Kopfbewegung. »Kommt rein.«

»Ach, das ist Alice, wohnt jetzt bei Andreas mit ihrer Mutter zur Untermiete«, sagt Valentin. »Alice – mein Onkel Robert. Der Bruder meiner Mutter. Er ist hier der Chef.«

Robert gibt Valentin einen Schlüsselbund und sagt: »In 'ner Stunde muss ich los. Wir grillen zu Hause. Handtücher nehmt ihr euch. Brauchst du Badeklamotten?«, fragt er mich. »Kannst du dir aus dem Fundsachenschrank raussuchen.«

Valentin guckt mich an. »Na, zu viel versprochen?«

Ich schüttle den Kopf. »Das ist echt cool. Ich hätte auch gerne einen Onkel, dem ein Schwimmbad gehört.«

Valentin lacht. »Er hat das Ding ja nur gepachtet und wieder aufgemöbelt. Das Bad gibt es schon ewig, hier haben meine Mutter und Onkel Robert als Kinder schwimmen gelernt. Immer, wenn ich Lust habe zu schwimmen, komme ich hierher. Meistens, wenn es geschlossen ist.«

Zum Beispiel mit Lotte, denke ich. Ich suche mir aus den Fundsachen einen Badeanzug mit Seesternen, schnappe mir ein Handtuch und Duschgel und dusche den Buddelkasten von meiner Haut. Und während Valentin und ich ins Becken springen, erbarmt sich sein Onkel Robert unserer Klamotten und bürstet den Sand ab. Ziemlich nett, der Mann.

Ich muss ganz laut kreischen, erstens vor Freude und zweitens, weil das Wasser überraschend kalt ist. Das liegt an den Umwälzpumpen, mit deren Hilfe das Wasser für den nächsten Schwimmtag ausgetauscht wird, sagt Valentin. Er sieht lustig aus, weil sich seine Haare gleich wieder ganz doll kringeln.

»Ja, ich weiß. Ich sehe aus wie ein Schaf im Freibad.« Er lacht und taucht unter. Er taucht direkt neben mir auf wie ein Meerungeheuer. »Auf die Rutsche?«, fragt er.

Oh ja. Auf einer Wasserrutsche war ich schon ewig nicht mehr.

Wir klettern aus dem Wasser, laufen um die Wette zur Rutsche mit dem Extrabecken – ich bin Erste –, steigen die Leiter hinauf und düsen die schlangenförmige Wasserrinne hinunter. Sehr, sehr cool. Wir rutschen so lange, bis mir die Zähne klappern. »Du hast ja schon ganz blaue Lippen«, sagt Valentin. »Vielleicht spendiert Onkel Robert noch einen Zitronentee, bevor er uns rausschmeißt.«

Valentins Onkel lacht, als wir bei ihm auftauchen. »Ihr seid doch bestimmt schon Eisbeutel«, sagt er und spendiert uns tatsächlich eine Runde Tee.

Der tut echt gut. Langsam wird mir wieder warm.

»Wollt ihr noch mitkommen zum Grillen zu uns nach Hause?«, fragt Valentins Onkel. »Dein Fahrrad kann hinten in mein Auto.«

Valentin schüttelt den Kopf. »Nee, ich muss gleich heim, hatte Stress mit den Eltern.«

Ach, stimmt. Valentin ist ja einfach abgehauen, obwohl seine Eltern wollten, dass er zu Hause bleibt. Ich werfe ihm einen besorgten Blick zu.

»Die kriegen sich schon wieder ein«, beruhigt er mich. »Streit dauert bei uns nie sehr lange. Mein Vater regt sich schnell auf, explodiert, und danach ist wieder alles gut.«

Wir ziehen uns um, und ich schüttle nur noch ein paar Sandkörner aus meinen Socken.

»Vielen Dank«, sage ich. »Das war total schön hier.« Ich gebe Valentins Onkel die Hand.

»Komm bald wieder«, fordert er mich auf. »Bist du denn auch eine Freundin von Lotte?«

Interessant. Schon wieder Lotte. Ich nicke. »Ja, bin ich. Ich mache bei einem Video von Lotte und Esther mit.« Diese letzte Info war für Valentin, ich will sehen, wie er reagiert. Leider lässt er sich nichts anmerken.

»Tschüss, Robert.« Valentin umarmt seinen Onkel, und wir gehen zum Rad.

Robert schließt hinter uns ab und verschwindet im Büro.

»Was ist der *Insulaner* denn eigentlich genau?«, frage ich, als ich auf den Gepäckträger klettere.

»Das ist ein Trümmerberg«, erklärt mir Valentin. »Aus

dem Zweiten Weltkrieg, aus Zerstörtem aufgebaut, fast achtzig Meter hoch.«

Wir fahren los, ich halte mich diesmal an Valentin fest. »Und woher kennst du Lotte?«, frage ich. »Vom Tempelhofer Feld?«

»Nee, aus dem Kindergarten«, antwortet Valentin. »Kein Witz.« Es ist schon sehr dämmrig. Valentin schaltet den Dynamo von seinem Fahrrad ein. Wir biegen in die Belziger Straße ein und bleiben vor *Haarscharf* stehen.

Ich springe vom Gepäckträger. »Danke für alles«, sage ich. »Und sorry wegen dem Film. Da war mir irgendwie so komisch …« Ich schaue mich suchend um, ich habe plötzlich das Gefühl, dass meine Mutter gleich wie im Kasperletheater auftauchen und Kuckuck rufen könnte. Oh Mann. Ich werde bestimmt demnächst irre.

»Alice?«, fragt Valentin. »Alles okay? Du guckst wieder so wie vorhin im Kino.« Er steigt ab und schaut mich prüfend an. Der Junge hat wirklich hübsche Augen, ganz hell, die hat er bestimmt von seiner Mutter und nicht von seinem Vater.

»N-n-nein, alles gut«, stottere ich. »Bisschen müde, der Tag war ja auch lang.«

Alice. Klappe halten. Du musst nicht alle immer so zutexten.

»Also dann«, sagt Valentin. »Das war echt schön, ich hoffe, wir sehen uns bald wieder.« Und dann beugt er sich zu mir vor und küsst mich, und zwar ziemlich lange und gut. Ich kann nichts sagen, besser gesagt, mir fällt vor

Schreck nichts mehr ein. Ich schaue ihm nach, wie er auf seinem Fahrrad davondüst, und vorne an der Ecke, wo er in die Akazienstraße abbiegt, dreht er sich noch mal um und winkt mir zu.

Erst jetzt fängt mein Herz wie verrückt an zu schlagen. Küsst mich einfach. Was bildet der Junge sich ein? Ich gehe in unsere Wohnung, und mir fällt auf, dass ich nicht mal seine Handynummer habe. Krass. Sehr krass.

Jack schläft tief und fest und knurrt ein wenig im Schlaf. Ich schäle mich aus meinen Klamotten, schmeiße sie in den Wäschekorb und ziehe meinen Schlafanzug an. Dann hole ich mir einen Orangensaft aus dem Kühlschrank, setze mich auf mein Bett und denke nach. Finde ich das okay, dass Valentin mich einfach so geküsst hat? Meinen letzten Kuss habe ich in München bekommen, beim Flaschendrehen. Der Typ, der mich geküsst hat, benahm sich so, als hätte er sich mit einer unheilbaren Krankheit angesteckt. Valentin hat mich freiwillig geküsst, und ich habe mich freiwillig küssen lassen, auch wenn ich es nicht erwartet hatte.

11

Ich wache davon auf, dass Jack mir eifrig die Nase schleckt.

»IHH, NEIN, JACK!«, kreische ich. »Das ist ja voll eklig.«

Meine Mutter streckt den Kopf herein. »Wer schreit hier denn so?«, fragt sie vergnügt. »Wie war es im Kino?«

»Wie war deine Verabredung?«, frage ich gleichzeitig.

»Gut!«, rufen wir beide zur selben Zeit. Wir lachen los. Sie kommt zu mir und nimmt mich in den Arm.

»Frühstücken?« Sie schnuppert. »Du riechst nach Pfirsich. Lecker.« Im gleichen Moment fällt mir ein, was ich gestern alles erlebt habe und dass Valentin mich geküsst hat. Oh mein Gott.

»Und?«, wiederholt meine Mutter. »Was hast du gestern Schönes erlebt?«

Ich zucke mit den Schultern. »War ein netter Tag«, sage ich schwammig. Ich kann ihr unmöglich erzählen, was wirklich alles passiert ist. Ich weiß es eigentlich selber noch nicht genau. Die Tatsachen fühlen sich irgendwie nicht an wie Tatsachen. Stattdessen schwärme ich vom Tempelhofer Feld, Lottes Crêpes und von der Disco, die Markus gerade auf die Beine stellt.

»Weißt du was, er hat mich zur Eröffnung eingeladen, und ich bekomme einen VIP-Ausweis, wenn ich mit meinen Inlinern auf der Tanzfläche herumtobe. Das ist doch super, oder?«

Meine Mutter guckt mich mit diesem Blick an, den ich schon ewig kenne. Der bedeutet so in etwa: Mein Kind, ich finde es so toll, dass es dir gut geht, denn eigentlich habe ich ein schlechtes Gewissen, weil ich mich mehr um dich kümmern sollte …

»Alles gut, Mama«, sage ich schnell und stehe auf und drücke sie ganz fest. »Sag, mal, gibt es irgendeinen Platz, an dem du gerne bist? Weil du Erinnerungen daran hast?«

Meine Mutter sieht mich verwundert an. »Warum fragst du mich das?« Sie denkt nach. »Ja, schon. Als ich klein war, wohnten wir in einem Haus am See, da war ein kleines Bootshaus, und in dem Bootshaus lag ein kaputtes rotes Boot. Dort habe ich mich versteckt, wenn ich allein sein wollte oder träumen oder wenn ich was angestellt hatte und mich verstecken wollte. Das war mein geheimer Ort.« Sie seufzt bei der Erinnerung. »Und weißt du, was ganz verrückt ist? Ich war doch gestern mit Harry essen, du weißt schon, der von der Raststätte. Und in seinem Garten steht ein Schuppen, und in dem Schuppen liegt ein rotes Paddelboot. Das fand ich ziemlich verrückt.«

Ja. Das finde ich auch verrückt. Dass der Typ, der mit

meiner Mutter ein erstes Date hat, ihr seinen Schuppen zeigt. Aber das sage ich jetzt nicht.

»Ich frage deshalb, weil ich gar keinen Platz weiß, an den ich mich gerne erinnere«, sage ich. »Nichts in Frankfurt oder im Eichhörnchen-Haus. Und in München schon gar nicht. Vielleicht, weil wir immer wieder so schnell weg sind, oder?«

Meine Mutter guckt mich mit einem sehr erschrockenen Blick an. »So habe ich das noch nie gesehen«, sagt sie. Sie streicht mir über den Kopf. »Was hast du denn da auf der Stirn?«, fragt sie. »Bist du gefallen?«

Mist. Genau diese Frage wollte ich auf jeden Fall vermeiden. »Nö. Nichts passiert«, antworte ich. Aber meine Mutter anlügen kann ich irgendwie gar nicht. »Ich hab die Fersenbremsen ausprobiert«, sage ich. »Das ist wie beim Fahrrad, wenn man zu schnell bremst. Ich hab mich an einem Baum festgehalten und bin dagegengerumst. Also nicht hingefallen oder so was Schlimmes.«

Meine Mutter seufzt erleichtert. »Bin ich froh«, sagt sie. »Ich hab immer Angst, dass du verunglückst.«

Und weil ich es gar nicht aushalte, dass meine Mutter sich zu große Sorgen um mich macht, erzähle ich ihr wirklich nur ganz harmlose Dinge. Meistens passiert ja auch gar nichts Spektakuläres in meinem Leben, und ein Kuss wie gestern von Valentin ist ja auch nicht gefährlich, sondern nur verstörend.

»Was machst du heute, Mami?«, frage ich. »Arbeitest du bei Andreas?«

Sie schüttelt den Kopf. »Ich muss nach Babelsberg wegen der Verträge. Es gibt da Unstimmigkeiten, die muss ich mit der Produktion besprechen. Harry fährt mich mit dem Auto hin. Er will mir das Schloss Sanssouci zeigen. Und du? Gehst du wieder zum **Tempelhofer Feld**? Ich möchte mich dort auch gerne mal umsehen. Und dann stellst du mir Lotte und die anderen vor.« Sie zwinkert mir zu. »Auch Markus. Und darf ich auch auf die Rollschuhparty kommen?«

Eigentlich unternehme ich total gerne was mit meiner Mutter. Aber dieses Mal habe ich leichte Bauchschmerzen bei dem Gedanken, dass sie zur Party kommt. Das binde ich ihr natürlich nicht auf die Nase. Vielleicht überlegt sie es sich ja auch vorher. Also sage ich: »Klar. Entweder du leihst dir von mir Inliner …« (wir haben praktischerweise dieselbe Schuhgröße), »… oder du ziehst deine eigenen an. Ich war im Fundus von Eriks Mutter und habe deine Rollschuhe entdeckt. Das sind schon richtige Dinosaurier.« Vom *Insulaner* und der Badeaktion und Valentin wird meine Mutter auf keinen Fall etwas erfahren.

Jack kommt herbeigelaufen und bellt. »Guten Morgen, du Schlafmütze!« Ich knuddele ihn heftig. »Der ist gestern so viel gelaufen, dass er eigentlich Blasen unter den Pfoten haben müsste«, erzähle ich meiner Mutter. »Heute muss er sich auf jeden Fall mehr schonen.«

Ihr Handy piept. »Oh nein! Harry holt mich in einer Viertelstunde ab. Ich geh schnell unter die Dusche.« Sie verschwindet und taucht nach zwölfeinhalb Minuten wie aus dem Ei gepellt wieder auf. Sie hat sich ganz toll geschminkt, bestimmt für die Produktion. Denn privat läuft sie immer ganz natürlich herum.

»Tschüss, meine Kleine!« Sie haucht mir einen Lippenstiftkuss auf die Wange. »Und bleib schön brav.« Das sagt sie schon zu mir, seit ich in den Kindergarten gehe. Und eigentlich befolge ich ihren Rat immer.

Ich gebe Jack eine Portion Trockenfutter, frühstücke selber noch weiter und dusche. Ich bin mir gar nicht sicher, was ich heute unternehmen soll. Was passiert, wenn ich Valentin auf dem Tempelhofer Feld wiedertreffe? Wird es komisch sein, weil wir uns geküsst haben? Und könnte ich mir vorstellen, ihn besser kennenzulernen, ihn ein zweites Mal zu küssen … ach, alles ist so kompliziert. Jedenfalls war gestern Abend wirklich schön, ich habe mich super gefühlt. Und ich hab so tief geschlafen wie ein Bär. Das ist bei mir immer ein gutes Zeichen.

»Na, Jack, Süßer? Was machen wir denn heute?« Mein Handy piept, und gleich schlägt mein Herz schneller.

Gut geschlafen? Appetit auf Crêpes?

Lotte!

Hey, ich bin gerade wach, hab mit meiner Mum gefrühstückt. Mach mich gleich auf die Rollen.

Ich nehme mir für heute vor, aus Lotte herauszuquetschen, was sie und Valentin über eine Kindergartenfreundschaft hinaus verbindet.

Um Jacks Pfoten zu schonen, fahre ich mit der U-Bahn. Jack lässt sich die meiste Zeit von mir spazieren tragen. Als ich auf das Feld hinausrolle, staune ich. Das Zelt von Markus ist komplett aufgebaut, und ein paar Meter davon entfernt steht ein richtiger Pool auf einer Kunstraseninsel, mit Sonnenschirmen aus Bast, die an einen Hawaii-Urlaub erinnern. Ich cruise erst mal hinüber zu Lotte an den Crêpes-Stand, um sie zu begrüßen.

»Was ist dir denn passiert?« Sie zeigt auf mein Einhorn.

Ich hab ganz vergessen, es abzudecken. Jetzt starrt natürlich jeder darauf.

»Ich hab einen Baum geknutscht.« Ich grinse. Ich deute rüber zu Markus. »Der kann ja bald eröffnen.«

Lotte nickt. »Er verteilt schon überall Handzettel. Übermorgen ist die Party.«

Weil Lotte gerade einen Schwung Kunden bekommt und wie ein Weltmeister Crêpes backt, schaue ich mir das Zelt mal aus der Nähe an.

Markus erkennt mich sofort wieder, hebt die Hand und grüßt mich. Sie verlegen gerade den Boden, auf dem getanzt werden soll. Sieht eher aus wie eine Arena beim Zirkus als die Tanzfläche einer Disco. Aber zum Inlinern super.

»Na, wie findest du es?«, ruft mir Markus zu. »Drumherum werden noch Bänke zum Sitzen aufgestellt. Dort am

Eingang ist die Bar, da gibt es Getränke und alkoholfreie Cocktails – mixe ich selber.«

Ich drehe den Daumen nach oben. Eine richtig gute Idee. Ich schaue an die Zeltdecke, dort oben turnen gerade Typen auf sehr hohen Leitern herum und bringen Lichterketten und Scheinwerfer an.

»Übermorgen ab sieben – du kommst, oder?« Auf einmal steht Erik neben mir.

Jack beißt ihm zur Begrüßung ins Hosenbein.

»Hey«, sage ich überrascht. »Woher tauchst du denn plötzlich auf?« Ich zeige auf die Tanzfläche. »Das wird super. Hoffentlich gute Musik.«

Erik nickt. »Markus hat einen super DJ gebucht.«

»Alice!« Lotte taucht auf und umfasst mich von hinten. »Ich habe meine Bude kurz zugemacht. Muss mir das mal ansehen hier. Außerdem soll ich ja übermorgen Crêpes verkaufen.«

Markus hat Lotte auch gerade entdeckt und kommt zu uns herüber. »Lotte, hi«, sagt er und gibt ihr die Hand.

Gerade wird die Bar hereingeschleppt.

»Aufpassen, Leute!«, ruft Markus. »Macht keine Schrammen rein.« Er runzelt die Stirn. »Also«, sagt er zu Lotte, »die Crêpes kannst du im Eingangsbereich machen, damit nicht der ganze Innenraum einstinkt, okay? Bringst du noch jemanden mit, der dir hilft, oder machst du den ganzen Krempel alleine?« Lotte schüttelt den Kopf. »Nee, Esther hilft, sie kommt nach der Arbeit, und Valentin. Der macht sowieso die besten Crêpes unter der Sonne.«

Im ersten Augenblick denke ich, dass ich mich verhört habe. »Valentin?«, sagen Erik und ich wie aus einem Mund. Wir schauen uns an. »Meinst du Valentin Mars?«, fragt Erik.

Lotte nickt. »Ja, genau. Mein Valentin, dein Valentin. Was du lieber hören willst.«

Erik und Lotte schauen mich an. »Woher kennst du Valentin denn?«, fragt Erik.

Ich zucke mit den Schultern. »Hab ich gestern hier kennengelernt«, und ich glaube, es hört sich fast trotzig an. »Was dagegen?«

Lotte und Erik schütteln den Kopf.

»Aha«, sage ich. »Und warum reagiert ihr dann so komisch? Ist etwas mit ihm nicht okay?«

Markus unterbricht mich. »Also, Leute, für mich ist jetzt alles klar. Lotte? Ich verlass mich auf deinen Crêpes-Support, Alice kommt zum Tanzen … Wem Valentin gehört, könnt ihr auch ohne mich besprechen.«

Er geht.

»Entschuldige, Markus …«, rufe ich ihm hinterher. »Kann ich meine Mum mitbringen? Die will unbedingt ihre Achtzigerjahre-Rollschuhe ausprobieren.«

Markus grinst. »Na klar. Hübsche Ladys sind immer willkommen.«

Erik verdreht die Augen. »Mir gehen diese Machosprüche auf die Nerven. Ich weiß echt nicht, was meine Mutter an diesem Typen so toll findet.«

Lotte schenkt ihm einen mitleidigen Blick. »Vielleicht

überlegt sie es sich ja noch mal. Ich finde deinen Vater viel netter. Alice, ist deine Mutter nicht auch Single?«

Ich schnaube entsetzt. »Bloß nicht. Nee, die geht ja jetzt mit unserer Porsche-Bekanntschaft von der Raststätte aus und ist ganz begeistert von ihm.«

Ich schaue Erik und Lotte an. Ich muss jetzt unbedingt fragen. »Und was habt ihr für ein Problem mit Valentin?«

Erik runzelt die Stirn. »Lange Geschichte. Ist auch für Außenstehende nicht wirklich spannend.« Er schaut Lotte an. »Seid ihr wieder zusammen? Ich dachte …« Er spricht den Satz nicht zu Ende.

Lotte zuckt mit den Achseln. Sie lächelt. »Er kann verdammt gut küssen. Weißt du doch noch.«

Mir wird heiß. Lotte und Valentin waren also wirklich mal zusammen. Oder sind es sogar noch! Ja, es stimmt. Valentin kann verdammt gut küssen, finde ich auch. Ich habe heute Nacht geträumt, dass wir uns noch mal küssen. Aber warum weiß Erik das auch? Was meint Lotte?

»Ihr solltet euch mal wieder einkriegen und versöhnen«, sagt Lotte. »Ich kapiere sowieso nicht, was genau ihr für ein Problem miteinander habt.«

Lotte weiß also auch, dass Erik und Valentin sich nicht mehr so gut verstehen.

»Lass stecken«, sagt Erik. »Alice versteht nur Bahnhof. Das ist doch voll langweilig für sie.«

Das ist ja interessant. Ich will am liebsten alles ganz genau wissen. Aber wenn wir weiter darüber reden, müsste ich auch erzählen, dass ich Valentin geküsst habe. Oder besser gesagt, er mich. Was würde Lotte dazu sagen? Ich schwöre mir, dass ich auf jeden Fall herausfinden werde, was da los ist. Nur nicht jetzt.

»Okay, Themenwechsel«, sagt Erik. »Meine Mutter hat für dich Friseurzeug aus den Fünfzigern rausgesucht, Lotte. Hat sie alles in eine IKEA-Tasche gepackt, steht im Lager, kann ich dir rausholen, wenn du es brauchst.«

Lotte macht einen Luftsprung. »Jippieh. Das ist ja toll, toll, toll. Vielen Dank. Am besten gleich. Ich rufe sie an und frage, wann es ihr, oder besser gesagt, wann es Andreas passt.« Zu mir sagt sie: »Wir drehen im Laden von Andreas. Sie kriegt das Video-Equipment von ihm, er hat schon ein paar Übungsvideos gedreht.«

Lotte holt ihr Handy raus und verlässt das Zelt. »Hallo, Süße!«, höre ich sie ins Telefon rufen. »Pass auf, es geht um den Dreh.«

»Da hast du dich ja auf was eingelassen«, grinst Erik. »Wenn Lotte und Esther sich was in den Kopf setzen, dann hast du keine Chance.«

Ich schneide eine Grimasse. »Ich weiß überhaupt nicht, was ich machen soll«, sage ich. »Ich kann so was gar nicht.«

Erik lächelt aufmunternd. »Das kriegst du sicher sehr gut hin, den Rest machen die beiden.«

Lotte kommt zurück und winkt mit ihrem Handy. »Es klappt. Wir können ab acht in den Laden, aber leider hat Andreas keine Zeit, er muss Gabriel helfen, sie sind bei Gabriels Mutter zum Essen eingeladen.« Sie lächelt Erik gewinnend an. »Kannst du einspringen?«

Erik schaut sie entsetzt an. »Wofür denn? An mich lasse ich niemanden ran.« Er streicht sich über seine streichholzkurzen blonden Haare.

Lotte lacht laut. »Och, schade. Esther wollte dir gerne ein Muster in die Haare färben.« Sie wuschelt ihm durch die Haare, und Erik wird tatsächlich rot. »… Scheeerz. Nein, natürlich sollst du dich um Kamera und Licht kümmern. Das hast du doch schon mal mit Valentin zusammen gemacht, als ihr die Schlumpf-Animation gefilmt habt. Wo ist eigentlich dieser großartige Film hin? Den musst du unbedingt Alice zeigen!« Sie strahlt ihn so herzlich an, dass selbst der Nordpol bei ihrem Blick schmelzen würde. Mir fällt auf, dass Lotte wirklich sehr hübsch ist.

»Frag doch Valentin«, sagt Erik leicht genervt.

»Erik, bitte!«, ruft Lotte. Es hört sich sehr drängend an. »Warum bringst du denn ständig Valentin ins Spiel?« Sie schaut ihn mit einem merkwürdigen Blick an.

»Ach, komm, Erik«, mische ich mich ein. »Wenn ich schon das Opfer bin, kannst du mich wenigstens filmen.«

Lotte nickt. »Ja, genau. Alice hat recht. Wir werden Megaspaß haben.«

Erik seufzt. »Na gut. Dann komm, wir holen den Krempel schnell aus dem Lager. Ich muss aber vorher noch mal heim, habe eine Verabredung mit meiner Mutter. Sie hat einen Nachhilfelehrer für mich, der soll mit mir Englisch üben.«

Ich könnte ihm das *Odeon* empfehlen, *Fluch der Karibik*. Den Film findet er doch so toll. Aber das Kino kennt er sicher, schließlich hat er ja lange Zeit dort um die Ecke gewohnt. Ich schließe die Augen und sehe Valentin vor mir, wie er sich zu mir herüberbeugt und mich küsst. Ich seufze. Hätte wirklich Lust, dass sich unser Kuss wiederholt, ich kann einfach nichts gegen diesen Wunsch tun. Ich könnte ein wenig herumcruisen, draußen, zusammen mit Jack. Vielleicht fahre ich ihm ja zufällig über den Weg …

»Ich trainiere noch ein paar Runden«, sage ich. »Damit ich hier übermorgen so richtig gut aussehe.«

Lotte nickt mir zu. »Super. Ich freue mich schon so auf heute Abend. Bis dann.« Sie nimmt mich wieder ganz selbstverständlich in den Arm und küsst mich auf die Wange.

Erik hebt die Hand. »See you.«

Er geht mit Lotte los in den Fundus, um die Requisiten für den Dreh zu holen.

»Komm, Jack«, sage ich. »Tschüss, Alice«, ruft mir Markus hinterher.

Ich finde Eriks »Stiefvater« gar nicht mehr so schlimm. Was er mit der Inliner-Disco auf die Beine stellt, ist echt super. Ich laufe quer über das Feld und halte nach Segways Ausschau, aber keines wird von Valentin gefahren. Sieht so aus, als wäre er gar nicht da. »Willst du ein bisschen toben, Jack?« Ich mache seine Leine ab. Jack bellt froh und rast davon. Er springt durch die Luft, schlägt Purzelbäume, der reinste Clown. Hoffentlich darf ich ihn behalten. Wenn meine Mutter guter Stimmung ist, werde ich sie noch mal darauf ansprechen.

Auf ein paar Flächen auf dem Tempelhofer Feld haben Gärtner Kräuter und seltene Pflanzen angesiedelt. Sie sind durch einen Zaun gesichert, und man darf diese Grünflächen nicht betreten. Eines dieser Beete sieht besonders schön aus. Es ist rot und blau. Mohnblumen und Kornblumen wachsen darin. Das sieht total schön aus. Anscheinend hat sich Jack ausgerechnet dieses Beet ausgesucht, sich darin herumzuwälzen. Das ist Hunden aber verboten, wie mir das aufgestellte Schild deutlich signalisiert.

»Jack, komm zurück«, brülle ich und laufe ihm schneller hinterher. »Sofort bei Fuß.«

Wenn Jack bei uns bleiben darf, muss ich unbedingt noch ein paar extra Stunden in der Hundeschule mit ihm verbringen. Der Hund taucht mit einem gewaltigen Satz in die Mohnblumen ein. Ich kann ja nicht hineinklettern. Wenn ich erwischt werde, kriege ich Hausverbot. Außerdem ist es schade um die zertrampelten Blumen. Während ich am Zaun stehe und verzweifelt nach ihm rufe, taucht plötzlich ein Lockenkopf aus der Blumenpracht auf.

»Valentin!«, sage ich erstaunt.

»Hey.« Er grinst mich an. »Komm rein.« Er streckt die Hand nach mir aus.

»Bist du verrückt? Du zerdrückst doch die schönen Blumen«, sage ich.

»Quatsch. Ich reiße sie ja nicht aus. Die stellen sich wieder auf. Ich liege quasi dazwischen.« Er lacht und deutet neben sich. »Jack findet es ziemlich gemütlich hier bei mir. Jetzt komm schon.«

Ich schaue mich um. Niemand beobachtet mich. Der Crêpes-Stand ist weit weg, und überhaupt ist Lotte mit Erik im Fundus. Markus ist beschäftigt.

»Alice! Bitte. Das ist wirklich toll hier.«

Ich möchte gerne. Dann tu es doch, Alice, sage ich zu mir. Steh nicht rum wie das wandelnde schlechte Gewissen.

»Okay, aber nur kurz. Jack rausholen.« Ich klettere über den Zaun und setze mich neben Valentin in die Mohnblumen.

»Hallo«, sagt er. »Wie geht es dem Einhorn?« Er schaut prüfend meine Stirn an und betastet sie.

»Alles gut«, antworte ich und bin plötzlich ganz heiser.

»Schön!«, sagt er. Er zieht mich an sich und küsst mich, so wie ich es mir die ganze Zeit gewünscht habe. Ich küsse ihn zurück.

»Bist du mit Lotte zusammen?«, frage ich ganz direkt.

Valentin runzelt die Stirn. »Habt ihr über mich gesprochen? Also, hast du ihr von unserer Tour gestern erzählt?«

Ich schüttle den Kopf. »Nee, wieso? Was dagegen? Seid ihr zusammen? Sie hat mit Markus darüber geredet, dass du und Esther den Crêpes-Stand bei der Disco-Eröffnung macht, und dann hat Erik so was in der Art gesagt.«

Valentin antwortet nicht, sondern schaut an mir vorbei in den Himmel.

»Seid ihr zusammen?«, wiederhole ich.

»Nee, so kann man das nicht sagen«, antwortet er schließlich. »Wir waren mal zusammen. Aber das ist schon länger her. Ab und zu, auf Partys, küssen wir uns. So als Singles. Kapiert?«

Ich verstehe. Oder auch nicht. Valentin küsst anscheinend viele Mädchen.

»Riecht ihr deshalb alle nach Pfirsich?«, frage ich.

»Was?«, fragt Valentin verwirrt. Er legt den Arm um mich. »Ich küsse aber viel lieber dich als Lotte«, sagt er.

Das kann ich nicht so richtig glauben. »Du kennst mich doch erst seit gestern«, sage ich.

»Weiß ich.« Wir küssen uns noch mal. »Es war echt schön gestern im *Insulaner*«, sagt er. »Da müssen wir noch mal hin. Versprochen?«

Ich nicke. »Ja, ich habe auch Lust. Hast du Stress gekriegt zu Hause?«

Valentin seufzt. »Na ja, ging so. Ich muss meinem Vater ein paar Tage in der Werkstatt helfen, zur Strafe. Ich kann mir aber aussuchen, wann. Ist nicht so schlimm. Und deine Ma? Hat sie ihren Porsche-Typen getroffen?«

»Ja«, antworte ich. »Sie ist heute mit ihm nach Potsdam gefahren, erst zur Produktion und dann das Schloss angucken.«

Wir schweigen eine ganze Weile und liegen einfach nebeneinander in den Blumen. »Hat Erik was über mich gesagt?«, fragt er schließlich.

»Nein, aber Lotte. Dass ihr zusammen ein Schlumpf-Video gedreht habt.«

Valentin lacht. »Ja, stimmt. Das war lustig. Kann ich dir gleich zeigen, ich hab das Video auf meinem Computer.«

Ich setze mich auf. »Ich fahre wieder nach Hause. Ich mache heute bei dem Videodreh von Esther und Lotte mit.«

»Wann sehen wir uns wieder?«, fragt Valentin.

»Übermorgen, zur Disco von Markus.«

Er lächelt mich an. »Ich freue mich.«

Zum Abschied küsst er mich ewig lange. Ich finde es total schön, aber danach kreisen meine Gedanken um Lotte. Ist sie noch in Valentin verliebt? Eigentlich sollte ich darüber mit Lotte reden. Hmm. Mal sehen. Kann ich Valentin überhaupt vertrauen? Ich finde ihn schon süß und will ihn möglichst bald wiedersehen – und küssen.

12

Als ich nach Hause komme, sitzt meine Mutter mit Porsche-Harry in der Küche, sie trinken schweigend Kaffee. Meine Mutter hat geweint. Ihre Wimperntusche ist verschmiert.

»Was ist los, Mama?«, frage ich entsetzt. Ich gucke den Porsche-Typen misstrauisch an.

»Hallo, ich bin Harry«, sagt er freundlich, steht auf und gibt mir die Hand. »Keine Sorge, ich bin nicht schuld daran, dass Katrin sich nicht so gut fühlt. Ganz ehrlich.«

Meine Mutter hebt den Kopf und schaut mich an. »Harry hat recht, Schatz. Ich habe Stress mit der Produktion. Konnte den Arbeitsvertrag nicht unterschrieben. Da stehen so viele blöde Sachen drin, die wollten sie nicht ändern, und die Zusage, dass sie uns eine Wohnung besorgen, haben sie auch gekippt. So geht es gar nicht.«

Ist das mies! Ich kann es überhaupt nicht ertragen, wenn meine Mutter traurig ist. Der Job ist superwichtig, wir brauchen das Geld, und sie ist eine tolle Maskenbildnerin, das sagt jeder, der mit ihr gearbeitet hat.

»Harry sagt, ich kann den Vertrag so nicht unterschreiben, und das will ich auch gar nicht.« Sie nimmt seine Hand. »Harry ist Anwalt.«

Aha. »Kennen Sie sich denn auch mit Filmverträgen aus?«, frage ich.

Harry lacht. »Ja, sehr gut sogar. Die Dame ist misstrauisch. Das ist schon mal ein guter Anfang. Ja, ich kenne mich mit Filmdeals aus. Du kannst gerne Du zu mir sagen, ich will dich ja auch nicht siezen, Alice.«

Ich nehme mir Saft aus dem Kühlschrank. »Aber was willst du machen, Mama? Glaubst du, du kriegst die Leute klein?«

Ehrlich gesagt glaube ich das nicht. Mama hat schon ziemlich schlimme Sachen über solche Vertragsverhandlungen erzählt.

Sie schüttelt den Kopf. »Nein. Aber ich hab einen Anruf gekriegt aus München. War vielleicht etwas überstürzt, dort alle Zelte abzubrechen. Ich könnte bei einem neuen Projekt einsteigen. Was denkst du?«

Waaas? »DAS IST NICHT DEIN ERNST, MAMA!«, schreie ich so laut, dass Jack zu winseln anfängt. »ICH GEHE AUF KEINEN FALL ZURÜCK NACH MÜNCHEN.«

Meine Mutter zuckt mit den Achseln. »Ich habe gerade mit Billie telefoniert. Wir könnten vorübergehend in ihre Villa mit einziehen. Platz genug hat sie. Das wäre doch auch für dich schön. Jack nehmen wir mit.«

Ich knalle mein Saftglas auf den Tisch. »Auf gar keinen Fall, Mama. An den Starnberger See? Niemals. Zurück in die Münchener Schule? **Never ever!** Wir sind doch gerade erst hierhergezogen. Ich finde es total schön in Berlin. Ich will hier nicht mehr weg.«

Ich gucke Porsche-Harry Hilfe suchend an. »Was meinen Sie denn? Also, du?«

Harry seufzt. »Ich fände es ganz schrecklich, wenn ihr wieder wegziehen würdet. Wie du dir denken kannst, bin ich in deine Mutter verknallt.«

Super. Hätte ich mir auch nicht träumen lassen, dass ich mich mal freue, dass so ein Heini, der meiner Mutter nachstellt, so etwas sagt. Aber der Zweck heiligt die Mittel, sagt man doch so, oder?

»Gibt es keine anderen Jobs hier?«, jammere ich. »Wir sind in Berlin. Hier wird doch nicht nur eine Kackserie gedreht, Mama. Hör dich mal um.« Ich denke nach. »Eriks Mutter Doris, zum Beispiel. Ich war doch in ihrem Fundus. Die können wir fragen, die arbeitet gerade bei einem historischen Film mit. Wenn der im Mittelalter spielt oder während der Französischen Revolution oder so ähnlich, da brauchen sie doch auch Maskenbildner. Esther dreht heute ein kleines Video unten im Friseurladen, und Erik filmt. Dann werde ich ihm alles erzählen. Darf ich, Mama?«

Meine Mutter lächelt zum ersten Mal, seit ich zu Hause bin. Sie streicht mir über die Wange. »Danke, Kleines. Mach das. Leider wird das wahrscheinlich nichts bringen. Solche Produktionen haben ihr festes Team. Aber lieb, dass du dir solche Sorgen um mich machst.« ... und um mich, Mama.

Ich küsse meine Mutter auf die heißen Wangen. »Aber wenn die hören, dass die dich kriegen können, dann fackeln die nicht lange. Glaub mir.«

Ich verziehe mich in mein Zimmer und werfe mich auf das Bett. So ein Riesenmist. Wenn wir wieder nach München ziehen müssen, dann sterbe ich auf der Stelle. Das weiß ich. Da helfen mir tausend Hunde nicht drüber hinweg.

Einige Zeit später kommt meine Mutter in mein Zimmer. Sie ist neu gestylt. »Ich gehe mit Harry ins Kino«, sagt sie. »Er will mich ablenken.«

Ich drücke meine Mutter fest. »Viel Spaß, Mami, und mach dir nicht zu viele Sorgen, versprochen? Du schaffst das. Tausendpro.«

Der Stress hat mich total müde gemacht. Ich heule auch noch eine kleine Runde, dann schlafe ich einfach ein und träume total schlecht.

Ich wache erst auf, als Erik mich aus meinem Albtraum erlöst, indem er mich heftig rüttelt.

»Hallo, Schlafmütze«, ruft er. »Hast du vergessen, dass du heute Abend Filmstar wirst?« Er schaut mich prüfend an. »Du siehst echt scheiße aus. Dein Gesicht ist ja ganz verquollen. Was ist los?«

Ich gucke in den Spiegel. Der Junge hat recht. Ich sehe aus wie eine Leiche. Ich gehe schnell ins Badezimmer und werfe mir kaltes Wasser ins Gesicht.

»Meine Mutter hat ihren Arbeitsvertrag nicht unterschrieben, die wollen sie linken«, erkläre ich etwas später im Friseursalon. »Und gleichzeitig hat sie ein neues Angebot aus München.«

»WHAT?«, schreit Lotte. »Das ist nicht wahr, oder?«

Esther schüttelt den Kopf. »Der totale Albtraum. Du hasst München, oder? Ich würde ganz gerne in München arbeiten. Bei irgendeinem tollen Friseur.«

Ich gucke finster. »Schule in München war der Horror. Außerdem gefällt es mir hier in Berlin total gut.«

Lotte legt ihre Hand auf meine Schulter. »Ich bin auch froh, dass wir uns kennengelernt haben, Süße. Ich dreh durch, wenn du wieder wegziehst.«

»Meine Mutter muss einfach deine Mutter kennenlernen«, sagt Erik. »Wenn Markus seine Disco eröffnet, übermorgen. Deine Mutter wollte doch sowieso kommen, oder? Ich werde meine schon mal briefen.«

Ich lächle ihn dankbar an. »Das ist total nett von dir. Ich will endlich mal länger in einer Stadt, an einem Ort bleiben. Und zwar in Berlin.«

Esther schlägt das Drehbuch auf. »Pass auf, die Story die wir machen wollen, ist eigentlich eine reine Improvisation. Es soll ein Slapstick werden, der in den Fünfzigerjahren spielt, wo die Frauen immer so wie aus dem Ei gepellt aussahen. Also, eine junge Frau, du, kommt zum Friseur, und will eine schicke Frisur, weil sie die Familie ihres Freundes, eigentlich Verlobten, kennenlernen soll. Durch eine Verwechslung wird sie aber von einem Zeitreisenden bedient, der so wie dieser Punk Iggy Pop in den Achtzigern mit Farbspraydosen in seinem Rucksack herumreist und die Haare der jungen Frau so knallbunt sprayt wie ein Osterei. Der Punk-Friseur wird von mir gespielt. Das Ganze schneiden Lotte und ich dann wie einen Clip und unterlegen es mit Punk. **Cool? Alles kapiert?**«

Ich kaue auf meiner Unterlippe herum. »Nicht so ganz – also, was du eigentlich machen willst, ist, mir verschiedene Farben in die Haare zu sprühen und das zu filmen, richtig?«

Esther nickt. »Genau.«

Ich gucke misstrauisch. »Wäscht sich das denn alles wieder raus?«

Esther nickt noch mal. »Aber klar.«

»Und wann?«

»Sofort natürlich«, versichert sie. »Wenn wir fertig gedreht haben, wasche ich dir die Haare mit unserem leckeren Pfirsichshampoo, mache dir eine schöne Haarkur rein, und die Farbe verschwindet wieder.«

»Versprochen?«

»Versprochen!«, sagt sie und hebt zwei Finger zum Schwur.

Ich wechsle also das Kostüm, ziehe mir die Fünfzigerjahreklamotten an, die Eriks Mutter herausgesucht hat, und Lotte macht Fotos mit ihrem Handy. »Du siehst total cool aus«, ruft sie.

Auch Esther zieht sich um, sie sieht aber eher aus wie Pippi Langstrumpf und nicht wie ein Zeitreisender, finde ich. Aber es ist ja ihr Film. Und dann geht es los. Die vorgegebenen Dialogtexte sind eher öde, aber es geht ja eigentlich auch um die Sprühaktion. Und da steigert sich Esther richtig hinein. Am Ende sind nicht nur meine Haare knallbunt, sondern auch mein Gesicht und die Arme sind rot gesprenkelt, als hätte ich Windpocken.

»Steht dir gut, die Haarfarbe!«, ruft Esther anerkennend. »Soll ich sie dir nicht doch mal in echt färben?«

Ich schüttle den Kopf. »Auf gar keinen Fall.«

Und Erik sagt: »Mir gefällst du normal auch besser, Alice. Du bist alles, nur kein Punk.«

Er sagt das so ernst, ich muss total lachen. »Ja, ich weiß«, antworte ich. »Ich bin eben megaspießig. Wird Zeit, dass ich für eine Weile in Berlin lebe.« Nicht nur für eine Weile, denke ich. Zum ersten Mal habe ich das Gefühl, dass ich an einem bestimmten Ort bleiben will, dass ich angekommen bin. Davon muss ich nur noch meine Mutter überzeugen.

Esther ist begeistert. »Vielen Dank, dass ihr mitgemacht habt«, sagt sie immer wieder. Dann wäscht sie mir die Farbe aus den Haaren – sie geht wirklich bis auf das letzte Farbpigment ab – und macht mir noch eine total angenehme Kopfmassage. Endlich werden meine Kopfschmerzen, die ich nach dem Albtraum nicht mehr losgeworden war, besser.

Nachdem Erik und Esther verschwunden sind, ist nur noch Lotte da.

Wir räumen den Friseurladen noch so auf, dass er am nächsten Morgen wieder tipptopp ist.

»Soll ich uns noch einen Tee kochen?«, frage ich.

Kurz darauf sitzen wir oben in der Wohnung auf dem Balkon in den Liegestühlen und trinken Minztee. »Das war echt lustig, aber ich bin voll fertig«, sage ich. »Der ganze Tag war zu lang, und es ist zu viel passiert.«

Lotte nickt. »Kann ich gut verstehen. Es tut mir wirklich leid für deine Mutter. Ich hoffe, das die Sache gut ausgeht und du dableiben kannst.«

Sie rührt sich Honig in den Tee. »Ich hab dich übrigens gesehen«, sagt sie.

»Was meinst du?«, frage ich. Ich spüre plötzlich einen unangenehmen Druck in der Magengegend.

Lotte lächelt mich an. »Hey, du weißt doch, was ich meine. Du warst im Mohnfeld. Mit Valentin. Das ist sein Lieblingsplatz.« Sie lacht. »Das ist okay, Alice. Guck doch nicht so. Und ich weiß, dass Valentin gut küsst.«

Schon wieder habe ich das Gefühl, dass ich nicht genügend Sauerstoff bekomme. Ich schnappe nach Luft und habe Angst zu ersticken. Ich muss sie jetzt auf der Stelle fragen, ob sie gerne wieder mit Valentin zusammen wäre. Schließlich will ich, dass sie meine Freundin ist. Und Freundinnen müssen total ehrlich zueinander sein. Wie Mama und Billie.

»Apropos küssen: Ich würde gerne mal was ausprobieren«, sagt Lotte und lächelt. »Darf ich?«

Zuerst verstehe ich überhaupt nicht, was sie meint. Doch als Lotte mir immer näher kommt, kapiere ich es endlich. Und dann passiert es auch schon.

Lotte ist das allererste Mädchen, das ich küsse, und es

fühlt sich gut an. Wir küssen uns ziemlich lange, und ich habe keine Lust aufzuhören, bis der Porsche unten auf der Straße hält.

»Meine Mutter kommt«, flüstere ich. »Bis ganz bald.«

13

Am nächsten Tag gehe ich überhaupt nirgends hin, außer mit Jack Gassi und Hundefutter kaufen. Ich bin total verwirrt. Ich bin erst ein paar Tage in Berlin und habe Valentin geküsst. Und ich habe Lotte geküsst. Wie soll das nun alles weitergehen? Keine Ahnung.

Zwischendurch ruft Erik an und lässt von seiner Mutter ausrichten, dass sie sich freut, meine Mutter kennenzulernen, und dass es ein interessantes Filmprojekt gibt, für das sie meine Mutter gerne vorschlagen möchte. Das wär so super, wenn es klappt.

Weder Lotte noch Valentin haben sich gemeldet. Aber Valentin hat meine Nummer ja auch gar nicht. Ob Lotte ihm erzählt, dass wir uns geküsst haben? Das ist alles ganz schön kompliziert. Ich kann das alles noch gar nicht richtig ordnen.

Als ich mit Jack vom Einkaufen zurückkam, habe ich mich wieder ins Bett gelegt, und ich höre meine Mutter in der Küche telefonieren. Anscheinend spricht sie noch mal mit der Produktionsfirma in Potsdam. Zum Schluss brüllt sie in den Hörer. Wenn meine Mutter mal richtig sauer ist, dann lässt sie das auch raus. Habe ich in München in der Schule auch so gemacht, deshalb will ich nicht mehr dorthin zurück. Irgendwann holt meine Mutter Jack aus meinem Zimmer, zum Gassigehen. Da bin ich schon wieder fast eingeschlafen. Sie weckt mich mit meiner Lieblingspizza, die sie auf dem Rückweg mitgebracht hat. Rucola, Tomate, Mozzarella.

Wir essen in der Küche.

»Wann geht denn diese Party morgen los?«, fragt meine Mutter.

»Um sieben. Ziehst du deine Rollschuhe an?«, frage ich.

Meine Mutter grinst. »Na klar. Was denkst du denn?«

Ich habe den ganzen Tag so viel geschlafen, dass ich, als ich nach dem Essen wieder im Bett liege, gar nicht müde bin. Es ist Vollmond, und der leuchtet mir direkt ins Gesicht. Auch Jack geht das helle Licht auf den Senkel, und er verzieht sich in den Flur zum Schlafen. Dort bellt er im Traum den Mond an.

Mitten in der Nacht brummt mein Telefon, und ich schrecke hoch. Die Nachricht ist von Valentin.

Hey, alles klar? Hab im Mohn an dich gedacht.
Bis morgen Abend.
Val.

Woher hat er die Nummer? Von Lotte? Ich versuche mir vorzustellen, wie er aussieht.

Seine hellen Augen, sein wirres Haar. Es schiebt sich aber immer wieder das Sommersprossengesicht von Lotte wie eine Schablone davor.

Ich bin ein bisschen enttäuscht, dass Lotte sich nicht gemeldet hat. Aber ich hab ihr ja auch nicht geschrieben. Das sollte ich nachholen.

Schlaf gut.

Sekunden später kommt ihre Antwort.

Du auch.

Ich bin zufrieden. Mit Valentin und Lotte in meinen Gedanken schlafe ich irgendwann ein.

Ich wache erst am späten Vormittag auf. Meine Mutter hat wieder das Gassigehen mit Jack übernommen, um mich nicht zu wecken. Ich freue mich schon total auf den Abend auf dem Tempelhofer Feld.

Am Nachmittag helfe ich bei Andreas im Friseurladen aus. Schließlich muss ich noch meinen Vorschuss abarbeiten.

»Hey, Alice!«, sagt Andreas in einer ruhigen Minute. »Hat dir deine Mutter erzählt, dass ich im Tierheim angerufen habe?«

Mir wird übel. »Nein«, sage ich mit rauer Stimme. »Hat sie nicht.« Wetten, dass sie mich schonen wollte?

Andreas schüttelt verwundert den Kopf. »Scheint so, dass niemand einen Hund wie Jack vermisst. Wenn sich in nächster Zeit nichts tut, können wir ihn behalten – also theoretisch!«

Yeah! Ich kreische los und mache so einen Luftsprung, dass Esther eine Kiste mit Lockenwicklern fallen lässt. Oh Mann. Das sind ja tolle Nachrichten.

»Abwarten«, dämpft Andreas meinen Enthusiasmus. »Deine Mutter hat sich noch nicht entschieden, glaube ich.«

Ach, die kriege ich auf jeden Fall rum. Meine Ma hat das Herz nämlich echt auf dem rechten Fleck.

Ich helfe Esther und Andreas, die Wickler aufzusammeln. Esther hat noch mehr Infos über heute Abend, von Lotte. »Es gibt noch ein Feuerwerk um Mitternacht, als Überraschung.«

Andreas schüttelt den Kopf. »Donnerwetter. Nur blöd, dass es jetzt zumindest für Alice keine Überraschung mehr ist.«

Ich merke immer wieder, dass er auf Markus nicht so gut zu sprechen ist. Hat vielleicht was mit Erik zu tun.

»Esther, du kannst mit uns fahren«, sagt meine Mutter später, als sie mit Jack vom Gassigehen zurückkommt. »Ich spendiere ein Taxi.«

Esther nickt. »Danke. Ich habe eher noch ein Inliner-Problem«, sagt sie. »Eine Rolle ist kaputt.«

Das ist natürlich kein Problem, schließlich bin ich ja die stolze Besitzerin von sechs Paar Inlinern. »Such dir welche aus«, sage ich großzügig. »Bis auf meine Swells natürlich.«

Esther ist total gerührt. »Das ist so lieb von dir«, kreischt sie.

Sie sucht sich die knallorangen aus.

»Hoffentlich bleiben sie ganz«, sagt sie nach der Probefahrt. »Ich kann nicht so gut fahren, wie du siehst.«

»Alles gut«, beruhige ich sie. »Hauptsache, du hast Spaß.«

Ich schnappe mir wieder den aprikosenfarbenen Pullover, den ich bereits im Kino anhatte und in dem ich mich durch den Buddelkasten gewälzt habe. Er riecht nach Valentin, finde ich. Wir fahren früh los, um halb sieben, schließlich sind meine Mutter und Esther absolut nicht sicher auf ihren Inlinern. Meine Mutter stakst in ihren Rollschuhen wie eine Eiskunstläuferin.

»Mama, du musst gliden. Oder geht das mit diesen alten Dingern nicht? Sonst borgen wir uns bei Markus richtige für dich.«

Denn schlau, wie Markus ist, vermietet er Inliner natürlich stundenweise an Leute, die selber keine besitzen.

»Das ist meine Mama«, stelle ich ihm meine Mutter stolz vor, als wir ankommen.

»Hallo, schöne Frau!«, schleimt er los. Er strahlt sie an. Wie bei allen Männern kommt meine Mutter auch bei ihm echt gut an.

Zum Glück erscheint Erik im Zelt, mit seiner Mutter. Wir machen unsere Mütter miteinander bekannt, und die beiden verschwinden gleich an die Bar, um über die Jobs zu reden.

Erik hat ziemlich miese Laune, fällt mir auf. Aber als ich ihn frage, was los ist, gibt er mir keine Antwort, sondern verschwindet im Getümmel.

Ich halte Ausschau nach Lotte und Valentin und dem Crêpes-Stand, aber der steht bisher noch verwaist vor dem Eingang. Schließlich tauchen sie auf, mit zwei Eimern, in denen sich frischer Teig für die Crêpes befindet. Ich fände es komisch, die beiden gleichzeitig zu begrüßen, außerdem habe ich Angst, mich zu blamieren, und so lasse ich sie erst mal mit den Crêpes loslegen. Ich hoffe, sie haben nicht über mich geredet. Ich muss unbedingt mit beiden sprechen und alles klären. Aber jetzt ist nicht der richtige Zeitpunkt. Ich schwinge mich auf die Tanzfläche.

Die Musik ist cool, Markus hat einen richtig guten DJ angeheuert. Er spielt seinen eigenen Mix und hat sich wohl richtig in die Szene reingehängt. Die Tanzfläche ist für die Inliner fantastisch. Was ich erst jetzt sehe: In den Boden sind überall farbige Spots eingelassen, die auch Licht abgeben. Videokameras nehmen die Tanzenden auf, projizieren ihre Moves auf eine riesige Leinwand.

Ich bin übrigens nicht die Einzige mit Swells an den Füßen. Ein Mädchen mit grünem Pferdeschwanz und ganz vielen Piercings im Gesicht trägt die schwarzen Swells.

»HEY!«, brüllt sie gegen die Musik in meine Richtung. »HEISS!« Sie lässt offen, ob sie damit die Location, meine Schuhe oder die dampfende Luft meint. Um die Tanzfläche herum stehen Ventilatoren, die ihr Bestes geben. Sie wirbeln die Haare der Leute auf und verteilen die heiße

Luft, vermischen sie aber nicht mit Kühlung. Nach zehn Minuten habe ich das Gefühl, ich bin bis in die Socken pitschnass. Ich muss unbedingt was trinken, sonst zerlaufe ich mitten auf der Tanzfläche. Mir fällt auf, dass Markus mir den VIP-Pass noch gar nicht gegeben hat. Er steht beim DJ und quatscht auf den Typen mit Händen und Füßen ein.

»Alice, Süße!«, begrüßt er mich. »George sind deine Moves aufgefallen.«

Ah, so heißt der DJ also. Er sieht ziemlich gut aus, obwohl er bestimmt um die dreißig ist. George nickt. »Ich hab 'ne Tanzschule. Komm doch mal vorbei. Wir wollen eine Show aufziehen, mit Inlinern, Skatern und so weiter. Bergmannstraße, Kreuzberg.«

Ich nicke. »Cool.« Das sage ich nicht aus Höflichkeit, finde ich wirklich.

»Du wolltest mir den Pass geben«, sage ich zu Markus.

»Na klar!« Er reicht mir ein Schlüsselband mit Chip. »Musst du scannen lassen, wenn du dir was zu trinken holst. Aber keinen Alkohol, keine Zigaretten …«

Ich schüttle entsetzt den Kopf. Was denkt er von mir!

»Alice, wir brauchen mal deinen weiblichen Rat«, sagt er und legt vertraulich den Arm um meine Schultern. »Ich will Doris heute um Mitternacht einen Heiratsantrag machen, mitten auf der Arena.« Er macht eine Handbewegung Richtung Tanzfläche. »Mit Mikro und der richtigen Musik und Tänzchen und danach als Überraschung ein richtig cooles Feuerwerk. Hast du einen Musiktipp für mich?«

Das schockt mich jetzt so dermaßen, dass ich wahrscheinlich ein richtig dummes Gesicht mache. Ob Erik von diesem Plan weiß? Hat er deshalb so genervt ausgesehen?

»Na? Was rätst du mir?«, fragt Markus.

»Weiß ich nicht«, stottere ich und ziehe die Schultern hoch. Gerade hat er mir den VIP-Pass gegeben, und ich fühle mich irgendwie verpflichtet, ihm zu antworten.

»Was würdest du denn für ein Lied auswählen?«, bohrt er weiter.

»Ich?« Oh Mann. Ich wünsche mich gerade ganz weit weg von hier. »Ich will nicht heiraten, auf keinen Fall«, sage ich hastig.

Markus und George lachen. »Dafür bist du auch noch viel zu jung«, sagt George und zwinkert mir zu. Ich bekomme den Eindruck, dass er den öffentlichen Antrag auch eher blöd findet. Aber er ist hier der DJ, und Musik machen – egal, wofür – ist nun mal sein Job.

»Ich würde einen Song auswählen, der dem anderen gefällt. Ein Lieblingslied«, sage ich schließlich.

George nickt zustimmend.

»Klasse Idee. Welche Musik findet Doris denn gut?«, fragt er.

Markus zuckt mit den Achseln. »Weiß nicht. *AC/DC*, irgendwelchen Hardrock.«

George lacht. »Ist vielleicht nicht so passend, oder?«

Markus schüttelt den Kopf. »Nee, ist auch eher Mucke, die sie zusammen mit Andreas gehört hat.«

Ich muss mich zusammenreißen, dass ich nicht lache. Wäre gar nicht schlecht, vielleicht sagt sie dann Nein.

»Okay, also, sorry dass ich nicht helfen kann«, sage ich. »Vielleicht was Deutsches? *Lieblingsmensch* von *Namika* oder so?«

»Ich muss ganz schnell was trinken.« Ich fliehe Richtung Bar. Armer Erik. Ich muss unbedingt herausfinden, wohin er sich verzogen hat. Vielleicht hängt er irgendwo ab und flennt. Ich jedenfalls würde es tun.

»Alice, hierher!« Lotte und Valentin haben mich entdeckt, als ich gerade an meiner Bionade nuckle. Ich wandere zu ihnen hinüber.

»Hi«, sage ich und fühle mich schrecklich unwohl. Ich versuche, keinem in die Augen zu schauen. »Läuft's?«

Lotte umarmt mich zur Begrüßung und küsst mich auf die Wange. »Was wollten die Typen von dir?« Sie zeigt hinüber zu Markus und George.

Das mit dem Heiratsantrag will ich nicht ausplaudern, bevor ich nicht mit Erik gesprochen habe. Ich zeige meinen Getränkechip. »Ich kriege Freigetränke gegen Tanzen. Wenn ihr was braucht, sagt mir Bescheid. Und der DJ, er heißt George, hat mich in seine Tanzschule eingeladen.«

Valentin, der mich bisher nur angeguckt hat – was mich echt nervös macht –, nickt. »Der will ein Musical aufziehen, auf Inlinern, Boards und so. Er hat mit meinen Eltern gesprochen, weil er sich dafür Geräte ausborgen will. Willst du bei der Sache mitmachen?« Er lächelt mich so umwerfend an, dass ich wacklige Knie bekomme.

»Keine Ahnung. Wäre schon toll«, sage ich und habe das Gefühl, dass meine Stimme nicht mehr richtig funktioniert.

»Vielleicht als Einhorn«, schlägt er vor. »Du kollidierst ja gerne mal mit Bäumen und so.« Er lacht, und Lotte lacht mit.

Er hat ihr wahrscheinlich erzählt, was passiert ist. Aber ich kann jetzt unmöglich fragen. Ich werde gleich verrückt.

Zum Glück taucht Lottes Chef auf. Er heißt Ali, und ihm gehört auch der Grillstand. »Na, Freunde, kommt ihr alleine zurecht? Ich muss weitergrillen, unsere Soja-Bratwürste sind der Renner.«

Lotte nickt. »Kein Problem. Esther kommt ja gleich, wir wechseln uns ab.«

Ali strahlt. »Super. Die Disco kommt gut an, oder? Gut für mein Geschäft. Markus hat noch einen Knaller für Mitternacht geplant. Lasst euch überraschen …« Er verschwindet eilig zurück zu seinen Sojawürstchen.

Lotte runzelt die Stirn. »Wovon redet er? Hat Markus was erzählt?« Sie schaut mich an.

»Feuerwerk«, antworte ich. Mir ist unbehaglich, ich habe das Gefühl, sie durchschaut, dass ich mehr weiß. Zum Glück wird der Crêpes-Stand so belagert, dass wir keine Zeit haben, uns länger zu unterhalten. Ich bleibe noch kurz stehen. Schon auffällig, wie vertraut Valentin und Lotte miteinander umgehen. Ich weiß nicht, was ich denken soll, und verziehe mich lieber wieder auf die Tanzfläche.

»Hui, Alice, deine Inliner sind echt der Hammer!« Da

ist ja Esther wieder. Ich hab mich schon gewundert, wohin sie verschwunden ist. Sie nimmt meine Hände und dreht sich mit mir im Kreis.

»Das ist so krass hier!« Sie strahlt. Sie kann wirklich nicht gut inlinern, immer wieder fällt sie hin oder kippt gegen mich. Ich zeige ihr ein paar Schritte, ein paar coole Bewegungen, und sie lernt schnell.

»Guckt euch mal Alice an«, sagt Markus in sein Mikro. »Die macht das richtig klasse, von der könnt ihr euch was abgucken. Alice, das ist für dich.« Und dann spielt er tatsächlich einen *Robin Schulz*-Mix, *Sun goes down,* das ist so toll. Ich sehe mich selber auf der riesigen Videoleinwand, und alle klatschen und umkreisen mich, und es ist einfach nur cool. Die Musik ist genial, und es könnte, wenn es nach mir ginge, immer so weitergehen. Esther hat sich jetzt das Mädchen mit dem grünen Pferdeschwanz geschnappt, und die zwei rasen Arm in Arm an mir vorbei.

Plötzlich sehe ich meine Mutter mit Eriks Ma Doris an mir vorbeicruisen, sie wirft mir eine Kusshand zu und schreit: »ABSOLUT TOLL, ALICE.«

Ich weiß nicht, ob mich jemand verstehen kann. Ich bin vierzehn, tanze mir die Seele aus dem Leib und freue mich, dass meine Mutter mich super findet.

Aber meine Mutter ist auch was Besonderes, die versteht mich und findet gut, was ich mache. Ich schaue ihr und Doris hinterher, die zwei sehen so lustig aus mit ihren uralten Rollschuhen – auch Doris trägt noch diese Achtziger-Dinger. Da haben sich anscheinend zwei gefunden.

Schade, dass der Mix vorbei ist, jetzt legt George so einen *Justin Timberlake*-Kitsch auf, aber ist schon okay. An solchen Locations rockt sogar der. Und gerade als ich das Gefühl habe, dass ich gleich auf einer Gute-Laune-Rakete ins Weltall geschossen werde, entdecke ich ein Stück weiter weg Lotte und Valentin eng umschlungen knutschen.

PENG! Ein Asteroid trifft mich und streckt mich nieder. Es haut mir die Beine weg, und ich fliege quer über die Tanzfläche und knalle direkt in Erik, der sich gerade mit seinem Shortboard zu *Justin Timberlake* bewegt.

Ein paar Tänzer um mich herum schreien, und Erik und ich knallen schwer auf dem Boden auf, und für ein paar Sekunden denke ich, dass ich ohnmächtig werde.

»Hey«, sagt Erik. »Forderst du mich gerade zum Tanzen auf?« Wir rappeln uns hoch, und da kommt meine Mutter angerollt und schreit entsetzt: »ALICE! BIST DU VERLETZT?«

Ja, bin ich, aber nicht so, wie du denkst, Mama.

George spielt *Felix Jaehn*, was Langsameres, *Ain't Nobody*, und das passt zu meiner Stimmung.

»Komm, Alice. Wir trinken was.« Erik zieht mich hoch, er steht schon wieder auf seinem Shortboard und schiebt mich zur Bar, sodass ich nicht mehr dorthin gucken muss, wo Lotte und Valentin stehen. Wahrscheinlich knutschen sie immer noch, in meinem Rücken, und ich weiß nicht mal, ob sie mitbekommen haben, dass ich mich mitten in der Arena langgelegt habe.

»Bist du über was gestolpert?«, fragt Erik, als er mir eine Cola gibt.

»Ja, kann sein.«

Wie soll ich ihm das erklären? Ich halte mich an meiner Cola fest, damit ich nicht rüberrenne und Lotte und Valentin eine knalle. Das wäre das, was ich gerade am allerliebsten machen würde.

Das ist mir echt too much. Klar weiß ich, dass die beiden mal zusammen waren. Aber gestern haben sie beide **mich** geküsst. Super gut geküsst, und sorry: Das geht doch nicht, dass Valentin und Lotte sich jetzt wieder küssen. Es sei denn, sie wollen wieder zusammen sein. Vielleicht wollen sie das ja?

Ich bin total sauer. Und gekränkt. Und eifersüchtig!

14

Ich bin sonst gar nicht aggressiv. Wenn mich jemand verletzt, verziehe ich mich wieder. Aber gerade habe ich so viel Wut im Bauch, dass ich gar nicht weiß, wohin damit.

»Alice? Alles okay«, fragt mich Erik jetzt schon zum zweiten Mal.

»Frag mich doch nicht ständig«, fauche ich ihn an. »ES-GEHT-MIR-GUT.«

»Du hast da einen Kratzer«, sagt er und berührt meinen Arm ganz vorsichtig.

Stimmt. Mein Unterarm ist ganz blutig. Erik nimmt eine Serviette von der Theke, tränkt sie in Mineralwasser und reibt mir damit über die Haut. »Tut das weh?«, fragt er.

Ich schüttle den Kopf.

»Das muss dir auch nicht wehtun«, sagt er. »Das machen die immer so. Und wenn du es genau wissen willst: Das kotzt mich total an. Immer schon. Aber Lotte checkt das ja einfach nicht …«

In meinen Schläfen beginnt es zu pochen. »Was meinst du?«, frage ich mit kratziger Stimme.

Erik lächelt, antwortet aber nicht. »Komm, wir laufen ein Stück über das Feld.«

Er nimmt mir die Colaflasche aus der Hand, stellt sie auf die Bar und zieht mich nach draußen. Es ist dunkel, aber trotzdem sieht der Himmel aus, als würde er leuchten. Er ist voller Sterne.

»Das muss toll gewesen sein, als man hier noch in die Luft steigen konnte«, sagt Erik. »Mein Vater ist immer von hier geflogen. Stell dir vor, du sitzt im Flieger und schießt in diesen Himmel. Toll, oder?«

Ich finde es schön, in dieser Dunkelheit über das Rollfeld zu gliden. Die Luft ist so sommerlich, und es schwirren tatsächlich Glühwürmchen um uns herum. Musikfetzen aus dem Zelt wabern zu uns herüber.

»Die Disco ist ein echter Erfolg«, sage ich schließlich. »Knallvoll, gute Musik, klasse Tanzfläche für die Inliner …«

Erik schnaubt. »Ja, aber nicht mehr lange.«

»Was meinst du?«

»Markus will meiner Mutter heute einen Heiratsantrag machen, das ist so bekloppt. Das werde ich auf jeden Fall verhindern.«

Komisch. Die ganze Zeit hatte ich schon das Gefühl, dass Erik diese Nummer nicht mitmachen wird. »Wie willst du das hinkriegen? So wie in diesen *romantic comedies* … **Wer was zu sagen hat, soll es jetzt aussprechen oder für immer schweigen** …« Ich muss total lachen.

»Quatsch!« Erik ist offensichtlich nicht zum Spaßen zumute. Kann ich verstehen. »Ich werde einfach die Kabel der Stromhauptleitung durchschneiden. Ich hab mir isoliertes Werkzeug besorgt. Dann ist die Party vorbei.«

Ich schüttle den Kopf. »Das bringt doch nichts. Wenn deine Mutter Markus gut findet, sagt sie sowieso Ja.« Ich finde die Idee überhaupt nicht gut.

»Was würdest du denn tun?«, fragt er.

»Keine Ahnung.«

»Siehst du. Das ist auch keine Lösung.«

Der Mond kommt hinter den Wolken hervor. Da ist das Mohnfeld, in dem Valentin mich zum zweiten Mal geküsst hat. Dieser Verräter. Mir wird ganz schwindlig vor Wut.

»Sprich mit deiner Mutter. Sag ihr, dass du mit Markus nicht klarkommst oder dass du es blöd findest, dass sie ihn heiraten will, oder … also, was dich stört …«

Erik schaut mich an, als würde er darüber nachdenken. »Okay«, sagt er schließlich. »Kommst du mit?«

Wir cruisen wieder zurück zum Zelt. Es ist heiß, die Leute dampfen vom Tanzen.

Valentin taucht plötzlich aus der Menge auf. »Hey, Alice. Ich hab dich schon gesucht.«

Erik und er wechseln einen Blick.

»Hi.«

»Hi.«

Das klingt nicht besonders freundlich.

»Ich brauchte mal frische Luft.«

Valentin schaut mich ungläubig an. »Mit Erik?«

Das finde ich ganz schön frech. »Ja, was dagegen?«, frage ich scharf zurück.

Valentin hebt entschuldigend beide Hände hoch. »No. Aber vielleicht hast du ja Zeit, heute auch mit mir noch mal frische Luft zu schnappen oder zu tanzen oder worauf du Lust hast?«

Mir wird das alles zu viel. Oh Mann. Was habe ich Erik gerade geraten? Reden! Genau das sollte ich selbst tun.

Da drüben an der Bar steht meine Mutter mit Eriks Mutter und – ich fasse es nicht – Porsche-Harry. Schleppt sie den Typ jetzt überall mit hin?

Und da taucht auch noch Lotte auf und steuert auf uns zu. »Alice, ich geh rüber zu meiner Mutter«, murmelt Erik in mein Ohr und wühlt sich über die Tanzfläche zur Bar.

»ALICE!«, ruft Lotte. »Wo warst du denn die ganze Zeit? Ich hab dich vermisst.«

»Mit Erik Luft schnappen«, antwortet Valentin für mich.

Lotte starrt mich an. »Wie jetzt? Echt? Findest du ihn gut?« Sie hakt sich bei mir ein.

Ich spüre wieder diese Wut von vorhin.

»Tickt ihr nicht richtig?«, sage ich und versuche, meine Stimme im Zaum zu halten. Sie zittert nämlich. »**Ich – brauchte – Luft.** Wo ist euer Problem?« Und dann frage ich einfach: »Also, was ist? Seid ihr zusammen, oder warum habt ihr vorhin geknutscht?«

Valentin und Lotte wechseln einen schnellen Blick. Lotte starrt mich nur an und sagt gar nichts.

Valentin greift nach meiner Hand. Ich zucke zurück. »Hey, Alice … also … hat Lotte dir nicht gesagt, dass wir mal zusammen waren …«

»Ja, schon. Aber du hast doch ... ich dachte, ihr seid nicht mehr zusammen ...« Ich stoße beide von mir weg. »Das wird mir jetzt gerade echt zu viel.« Ich merke, wie die Tränen in mir aufsteigen. »Ich will das gar nicht wissen!«, rufe ich sehr laut und mische mich unter die Tanzenden.

Aus dem Augenwinkel sehe ich, wie Erik mit seiner Mutter etwas abseits steht. Die beiden diskutieren – oder streiten? Ich bin nicht sicher.

Erik gestikuliert heftig, und seine Mutter fuchtelt mit ihrem leeren Glas durch die Luft. Scheint ja nicht gut zu laufen. Nun kommt auch noch Markus dazu und mischt mit. Schade, dass man wegen der lauten Musik gar nichts verstehen kann. Ich tanze mich näher heran, aber keine Chance.

Es gibt ein Wortgefecht zwischen Markus und Erik, und Erik schubst Markus schließlich sogar. Markus lacht übertrieben und schubst Erik zurück, sodass Erik gegen eine Säule gedrückt wird. Nun geht Doris dazwischen und beginnt sich mit Markus zu streiten. Markus versucht, sie zu beruhigen, schafft er aber nicht. Erik rennt aus dem Zelt. Ich folge ihm, ich will unbedingt wissen, was da gerade passiert ist.

»Alice!«, ruft Valentin und kommt mir über die Tanzfläche nach. »Komm zurück. Komm bitte zurück, lass uns reden.«

»Das passt jetzt nicht!«, rufe ich nur.

Zuerst kann ich Erik nirgends finden. Wie vom Erdboden verschluckt ist er. Ich suche überall nach ihm, bis ich ihn schließlich entdecke. Er geht auf den Ausgang zu. »Erik, jetzt warte doch.« Erleichtert sehe ich, dass er stehen bleibt. Ich spurte auf ihn zu. »Hey, was ist passiert?«

Erik macht eine eindeutige Handbewegung. »Es kümmert sie nicht. Hab ich mir gleich gedacht. Und Markus meint, ich sei **verwöhnt**. Hat mich behandelt wie ein Kleinkind.«

Na, die schubst man nicht, aber das sage ich nicht laut. Ich will Erik nicht noch mehr provozieren.

»Trotzdem«, sage ich. »Es ist richtig, dass du diese Stromsache nicht gemacht hast.«

Erik zuckt mit den Schultern. »Ach, ist doch sowieso alles egal. Dann soll sie den Nerd halt heiraten. Dann ziehe ich aber aus. Zu meinem Vater oder in eine WG.« Er macht ein Gesicht, als würde er gleich in Tränen ausbrechen.

»Hey, WG ist doch gut.« Ich möchte einfach nur irgendwas sagen, mit ihm reden, und auf keinen Fall will ich, dass er losheult. Das würde ich nicht ertragen. WG ist gut … Ich würde sterben, wenn ich in so einer WG rumhängen müsste, ohne meine Mutter. Aber meine Mutter wollte zum Glück nie mit einem Mann zusammenwohnen oder ihn gar heiraten. Unser Leben ist sowieso ganz anders.

»Okay, das ist alles großer Mist«, bekräftige ich noch mal. »Und wo willst du jetzt hin? Etwa nach Hause?«

Erik schüttelt den Kopf. »Nö. Spreepark.«

Ich gucke verständnislos. »Spreepark? Was ist das?«

»Kennst du nicht. Bist ja nicht von hier. Das ist ein Rummelplatz.«

Das ist der Moment, in dem ich das Gefühl habe, gar nichts mehr zu kapieren.

»Du willst auf einen Rummelplatz? Achterbahn fahren, oder was?«

»Der Spreepark ist hinter Kreuzberg und schon viele Jahre geschlossen. Ich bin da oft, wenn es … wenn es … wenn alles nur noch doof ist, verstehst du? Mein Vater und ich haben uns da oft hingeschlichen. Der Park ist eigentlich gesperrt. Willst du mitkommen?«

Auf so ein kleines Abenteuer hätte ich schon Lust, weit weg von Valentin und Lotte. »Die ganze Strecke hinlaufen, auf den Inlinern? Oder fährt da eine U-Bahn um die Uhrzeit?«

»Nee, ich hab eine bessere Idee. Vor dem Flughafen steht der Roller von meiner Mutter. Mit dem sind wir hierhergekommen. Ich darf ihn auch fahren.« Er holt den Schlüssel aus der Hosentasche.

»Cool. Warum nicht?« Wir holen die zwei Helme aus dem Fundus, wo seine Mutter sie deponiert hat, verlassen den Flughafen und fahren auf den kleinen Parkplatz davor. Tatsächlich. Erik steckt den Zündschlüssel in so einen kleinen eierschalenfarbenen Roller. »Eine Vespa, cool!«, rufe ich. »So eine möchte ich auch haben.«

»Zieh deine Swells lieber aus, wir stecken sie solange in meinen Rucksack«, sagt er.

Danach drückt er mir sein Shortboard in die Hand, und wir steigen auf.

Tschüss, Flughafen, denke ich, als wir auf die Straße fahren. Es sind nicht viele Autos unterwegs, nur ein paar Radfahrer und Nachtbusse.

Valentin wollte mit mir reden. Worüber? Ich hab alles gesehen, was mir das Herz bricht.

15

Wir fahren durch die Berliner Nacht. Die Luft ist kühler, immer noch ist der Himmel voller Sterne. Wunderschön. Ich halte mich an Erik fest, er fährt schnell und sicher. So könnte ich die ganze Nacht herumkurven.

Ob Markus den Heiratsantrag macht, mit großer Show und irgendeiner blöden Lieblingsmusik? Ich hab meiner Mutter gar nicht gesagt, dass ich wegfahre. Ich schreib ihr vielleicht später eine SMS. Hoffentlich klappt das mit ihrem Job. Ich werde Billie eine Nachricht schreiben, in der ich noch mal klarmache, dass ich einfach nicht nach München zurück kann. Ich will unbedingt in Berlin bleiben und hier meinen liebsten Erinnerungsort finden. Ein paar Plätze habe ich ja schon kennengelernt. Einer cooler als der andere.

Ich überlege, warum Erik so wahnsinnig sauer auf Markus ist. Und ich denke, es liegt daran, dass Markus Andreas nicht für voll nimmt. Er lästert über Eriks Vater. Das geht gar nicht. Über meinen Vater kann zum Glück niemand lästern, weil ihn außer meiner Mutter niemand kennt. Und die spricht nicht über ihn. Ist natürlich auch irgendwie doof.

Ob meine Mutter sich in Porsche-Harry so verknallen könnte wie Eriks Mutter in Markus? Ich habe beobachtet, dass sie da an der Bar ziemlich innig mit ihm rumgehangen hat. Porsche-Harry hat ihr bei dem Stress mit den Verträgen geholfen, geht mit ihr schön essen und ins Kino, lenkt sie von ihren Sorgen ab. So ähnlich hat sich Markus auch bei Eriks Mutter eingeschleimt, bis sie dachte, sie kann ohne ihn nicht mehr leben. Ich muss das mal genau im Auge behalten.

Wir biegen in eine Gegend ein, in der es richtig schön grün ist. Das könnte dieser Park sein. Aber wo ist da der Rummelplatz?

Erik stoppt den Roller und nimmt seinen Helm ab. »Wir sind da«, flüstert er und hilft mir beim Absteigen und Inlineranziehen. Er befestigt unsere Helme am Roller und schiebt ihn in ein Gebüsch.

»Okay«, flüstere ich zurück. »Und wo ist die Achterbahn?« Ich schaue mich um. Ganz schön unheimlich hier, mitten in dem Grünzeug.

»Du brauchst keine Angst haben«, sagt Erik mit normaler Stimme. »Hier kommt keiner her. Hier ist niemand außer uns.«

Ich schüttle den Kopf. »Ich habe keine Angst. Aber es ist ganz schön einsam hier.«

Wir schlagen uns durch das Gebüsch, das ist mit den Swells gar nicht so einfach, Erik zuerst, bis wir auf einen

Platz kommen, der aussieht, als wäre hier mal was los gewesen. Halb eingestürzte Imbissbuden, ein paar Zwerge als Hüpffiguren. Auf einer Parkbank sitzt Schneewittchen. Ich laufe zu ihr hin. »Oh, die ist schön!«, rufe ich. »Mach mal ein Foto.« Ich drücke Erik mein Handy in die Hand, setze mich neben Schneewittchen und lege den Arm um sie.

»Bitte lächeln!«, ruft Erik.

Ich setze mich auf einen Zwerg und wackle hin und her. Er quietscht heftig, die dicke Feder ist längst verrostet. »Wieso steht das hier leer?«, frage ich. »Und warum hat man die Sachen nicht abtransportiert? Schneewittchen und die Zwerge verrotten doch total.«

Erik zuckt mit den Schultern. »Das war mal ein riesiger Vergnügungspark mit Rummel, Buden und tollen Fahrgeschäften. Aber dann sind die Betreiber nach und nach pleitegegangen und bei Nacht und Nebel abgehauen. Was sie nicht mitnehmen konnten, haben sie hiergelassen.«

Ich zeige auf ein kleines Häuschen. »Die Schießbude, zum Beispiel.« Wir laufen darauf zu. Sie bestand eigentlich nur aus einer simplen Nagelwand, auf die man Schaumstoffbälle oder vielleicht Luftballons zielen musste. In den Nägeln steckt nun alles Mögliche, vor allem Schrott und leere Bierdosen. »Echt schade«, sage ich. »Diese Wurfsachen konnte ich immer gut. Ich hab mit meiner Mutter bei so was auf dem Oktoberfest einen riesigen Plüschbären gewonnen.«

Wir gehen eine Weile schweigend nebeneinanderher, und ich bin echt begeistert von diesem Platz.

»Meine Mutter hat damals noch viele Requisiten gefunden«, erzählt Erik. »Wir waren ein paarmal mit meinem Vater hier und haben eingepackt, was wir finden konnten. Zum Beispiel ist die Hütte der Wahrsagerin noch voller Hokuspokus gewesen. Meine Mum hat sogar eine Wahrsagekugel mitgenommen. Und guck, da stand mal so ein Spiegelkabinett.«

Ist der schiere Wahnsinn. Wir laufen ein Stück weiter. Hier sieht es so aus, als hätte jemand Fensterscheiben gestapelt und wäre anschließend mit einem Trecker darübergefahren. Der Boden ist mit Glassplittern übersät. »Das ist ja ganz schön gefährlich hier, oder?«

Ich muss aufpassen, dass ich nichts von dem Zeug zwischen die Rollen meiner Swells kriege.

Erik nickt. »Der Mann, dem das Spiegelkabinett gehörte, hat das Ding extra kaputt gemacht. Mit so einer Straßenraupe. Stand sogar in der Zeitung, der Typ ist regelrecht Amok gelaufen. Vor ein paar Jahren war ich mit einigen Kumpels hier, und wir haben versucht, mit bloßen Füßen über den Splitterberg zu laufen. Ist aber ganz schön schiefgegangen. Die mussten uns im Urban-Krankenhaus fast hundert Splitter aus den Fußsohlen ziehen. Meine Mutter ist total ausgerastet, und Valentins Eltern haben richtig Stress gemacht. Das Ordnungsamt hat dann verfügt, dass ein Bauzaun um das Gelände gezogen wird. Danach konnte man sich für lange Zeit schlecht auf den Platz schleichen, weil Privatcops rumliefen und alles bewacht haben. Valentins Eltern sind aber sowieso megaunentspannt.«

»Das heißt also, Valentin und du, ihr wart mal Freunde, richtig gute Freunde?«, frage ich vorsichtig.

Erik nickt. »Klar, und wie.«

»Und was ist passiert?«

»Lange Geschichte.« Mehr sagt er dazu nicht. Ich erinnere mich, was er vorher über Lotte gesagt hat. Dass sie sowieso nichts checkt. Es dämmert mir. »Hat euer Streit was mit Lotte zu tun?«

Erik zuckt mit den Achseln. »Übrigens, hier gibt es auch Dinosaurier, aber keine Angst, die tun nichts.« Er lacht über mein erstauntes Gesicht.

Huch! Fast wäre ich über einen Dinosaurierkopf aus Pappmaschee gestolpert. »Wer ist das denn?«, rufe ich begeistert. Ich habe zwar als Kind, genau wie Erik, Schlümpfe gesammelt, aber Dinosaurier fand ich auch immer toll. Und dieser Dino, der da vor mir im Gras liegt, ist der absolute Hit. »IST DER SÜSS! Wie kann es sein, dass der einfach so herumliegt?« Er ist knallbunt und sieht etwas bemitleidenswert aus, Gras und Wurzelwerk wachsen über den Korpus hinweg. »Konnte deine Mutter diesen Dino nicht retten?«, frage ich. »Den kann sie doch sicher für einen Märchenfilm aufmöbeln oder so.«

Erik hockt sich neben den Dino und streicht liebevoll über seinen Kopf. »Mein Vater hat mit mir hier gesessen und mir Geschichten vom Dino erzählt, die er sich alle ausgedacht hat. Ich hab mir wahnsinnig gewünscht, dass der Dino zu uns kommt, aber wir haben ihn nicht wegtransportieren können, ohne dass er kaputtgeht, und außerdem war er viel zu groß. Ich wollte sogar auf Weihnachten, Geburtstag und sonst was verzichten. Auf das Tempelhofer Feld würde er gut passen, und Markus würde es wahrscheinlich sogar schaffen, ihn heil dorthin zu bringen. Aber dafür müsste man ihn erst kaufen. Das Gelände gehört der Stadt.«

Ich kann Erik so gut verstehen. »Gab es hier auch mal eine Achterbahn und Kinderkarussells und so?«

Erik lacht. »Na klar, eines ist sogar noch da, siehst du es nicht?« In der Dunkelheit ist nicht viel zu erkennen, wenn man sich so umschaut. Die meiste Zeit bin ich ja auch damit beschäftigt, mit meinen Swells nicht auf Schrott zu treten, was die Rollen kaputt machen würde.

»Das Riesenrad existiert noch«, sagt er. »Es ist leider umgekippt und liegt wie der Dino platt herum. Es gibt aber Pläne, den Park zu restaurieren und das Riesenrad wieder aufzubauen. Bis dahin ist das Riesenrad mein Zuhause.«

Kurz darauf stehen wir davor. Das Ding ist einfach in sich zusammengefallen, so sieht es zumindest aus. Einzelne Kabinen sind aber noch intakt.

»Früher konnte man von hoch oben den Fernsehturm sehen«, sagt Erik. »Wir müssen jetzt auch ein bisschen klettern. Ich glaube, du ziehst deine Inliner lieber aus.«

Gute Idee.

Erik verstaut sie in seinem Rucksack.

»Ich klettere vor, okay? Und schau genau, wo ich hintrete, da ist es sicher. Kapiert?«

Ich ziehe meine Socken aus und stopfe sie in meine Hosentaschen –, barfuß bin ich sicherer, solange ich nicht in einen rostigen Nagel trete. Wir erklimmen das Riesenrad, und es stöhnt und knarzt unter unserem Gewicht, aber irgendwann erreichen wir eine intakte Kabine, und Erik macht die Tür auf, die er mit einem Holzstück verrammelt hatte. »Home sweet home.« Er grinst und hilft mir beim Einsteigen.

»Okay«, sage ich. Denn ich stelle fest, dass wir recht hoch über dem Erdboden sind. »Und das ist sicher?«

Erik nickt. »Absolut. Was denkst du denn? Ich bin ja nicht lebensmüde.«

Wir setzen uns nebeneinander auf die Bank, und ich sehe, dass Erik es sich hier richtig gemütlich gemacht hat. »Genauso unordentlich wie in deinem Zimmer«, sage ich und lächele. Plötzlich ist mir kalt. Der Mond kommt hinter den Wolken hervor und beleuchtet den Rummelplatz. Erst jetzt sehe ich alles genau. »Wow!« Das ist ja wirklich gigantisch. »Wie in einer Geisterstadt«, flüstere ich, und nun zittere ich richtig.

Erik nimmt eine Decke und wickelt sie um mich und hält mich fest. »Das ist mein geheimer Ort«, sagt er. »Mein Lieblingsplatz.«

Das kann ich gut verstehen. »Manchmal stelle ich mir vor, dass ich mit dem Riesenrad einfach abhebe und davonfliege. Weg von dem ganzen Stress mit der Schule, mit meiner Mutter und Markus.«

Ich kichere. »**Bitte einmal Weltall und auf keinen Fall zurück**.«

Erik lacht. »Ja, so ungefähr. Ich war übrigens noch nie mit einem Mädchen hier. Hätte ich gewusst, dass du mitkommst, hätte ich natürlich vorher aufgeräumt.«

Ich kann nicht anders, ich muss ihn einfach fragen. »War Lotte noch nie hier? Die kennst du doch auch schon ewig, oder?«

Erik schüttelt den Kopf. »Nee. Mit mir war sie noch nie hier.«

»Aha. Hat Valentin sie mal mit hierhergenommen? Kennt er dein Geheimversteck?«

Erik seufzt. »Alice, du lässt nicht locker, oder?« Er schaut in den Mond. »Eigentlich war das Riesenrad der geheime Ort von Val und mir. Wir haben die Kabinen gemeinsam abgecheckt und sind auf dem Ding herumgeklettert, als es noch nicht so kaputt war.«

Ich räuspere mich. »Habt ihr euch auch mal geküsst?« Ich bereue die Frage schon in dem Moment, in dem ich sie ausgesprochen habe. Warum will ich das alles so ganz genau wissen? Ich erwarte, dass Erik aufspringt und wir zurückfahren oder er mich einfach stehen lässt und stinksauer auf mich ist und nie wieder mit mir spricht.

Aber Erik sagt gar nichts. Er guckt immer noch den Mond an.

»Warum soll man seine guten Freunde nicht küssen?«, fragt er.

Ja. Warum eigentlich nicht?

Plötzlich sind sich unsere Gesichter sehr nah, und mir ist auch gar nicht mehr kalt. Ganz im Gegenteil. Und als wir uns kurz darauf küssen, fliegen wir mit dem Riesenrad zum Mond und bleiben dort.

Wir küssen uns lange und schlafen dann in die Decke gekuschelt ein.

Wir werden von einem sehr lauten Knall geweckt und schrecken gleichzeitig hoch. Im ersten Augenblick denke ich, dass wir wirklich mit dem Riesenrad abstürzen, und schreie deshalb laut.

»Hey, alles gut.« Erik beruhigt mich und zeigt in den Himmel. »Das kommt vom Flughafen«, sagt er.

Der Himmel ist knallbunt erleuchtet.

»Oh Mann, das Feuerwerk«, murmle ich.

Auch wenn ich Markus, und wie er sich Erik gegenüber verhalten hat, echt beknackt finde, das Feuerwerk ist wirklich unfassbar schön. Ganz zum Schluss taucht eine Leuchtschrift am dunklen Himmel auf. **Love** lese ich.

»Verschärfter Kitsch«, flüstere ich.

»Jetzt hat er ihr den Antrag gemacht«, murmelt Erik.

»Hat sie Ja gesagt?«, frage ich mich selber.

Irgendwie kann ich es mir kaum vorstellen, nach dem heutigen Abend. Ich habe doch gesehen, wie sie sich mit Markus gestritten hat wegen Erik. Wenn sie so eine Löwenmama ist wie meine, hat sie es nicht getan. Hoffe ich für Erik. Ich schlinge die Arme um Eriks Hals, und wir küssen uns eine Weile. Die letzten Flammen am Himmel erlöschen.

Mein Handy piept.

Wo bist du, Süße? Mache mir Sorgen.

»Meine Mutter«, sage ich zu Erik. »Was soll ich denn schreiben?« Erik zuckt mit den Schultern. »Auf keinen Fall, wo wir sind. Wenn sie das meiner Mutter steckt, tauchen die alle hier auf. Und dann haben wir echt Stress.«

Natürlich schreibe ich ihr nicht, wo wir sind. Ich bin ja nicht doof.

Hey, Mum! Bin bei Erik, chillen.
Kein Stress. Hab dich lieb.

Das muss reichen. Und es ist ja auch nicht wirklich gelogen. »Und?«, fragt er.

»Hab geschrieben, dass wir ein bisschen chillen. Natürlich nicht, wo. Deine Mutter wird ja irgendwann merken, dass du ihren Roller gemopst hast, oder?«

Erik nickt. »Kann sein. Aber sie wird sowieso mit Markus fahren. Vielleicht denkt sie, ich bin nach dem Krach schon zu Hause. Oder sie macht sich darüber gar keinen Kopf, weil sie sauer ist. Auch möglich. Wenn sie was wissen will, wird sie sich melden.« Er schaut auf sein Handy. »Oder auch nicht. Mein Akku ist leer.«

»Du bist ja gut!« Ich lache. »Und was machen wir jetzt?«

Erik zieht die Decke fester um uns herum. »Was wohl …«

Und dann küssen wir uns einfach weiter.

16

Wir wachen erst auf, als es schon Tag ist und die Singvögel im Spreepark einen höllischen Lärm machen.

»Wie spät ist es?«, murmle ich und hole mein Handy raus. »Oh nein. Fünf Anrufe in Abwesenheit und drei Nachrichten von meiner Mutter.« Das gibt Stress.

Erik verzieht das Gesicht. »Gut, dass mein Akku leer ist.«

Ich schüttle den Kopf. Jungs sind immer so cool. Ich spule schon die ganze Sorgenliste ab. Ganz oben steht das Internat, mit dem meine Mutter mir droht, wenn bei uns gerade mal richtig die Fetzen fliegen. Gerade kommt wieder eine neue Nachricht rein. Sie ist von Billie!

Süße, wo bist du? Deine Mum läuft Amok.

»Na toll. Jetzt hat meine Mutter sogar schon ihre beste Freundin in München alarmiert«, sage ich verzweifelt. Ich habe keine Lust, die Nachrichten abzufragen. Die Nachrichten haben alle einen ähnlichen Inhalt.

Melde dich. – Wo bist du? –
Komm sofort nach Hause!

»Ich schreibe erst mal Billie, unserer Münchener Freundin«, beschließe ich.

Hey, Bil, alles gut. Love is in the air.

Ich grinse in mich hinein. Das versteht Billie sicher. Zwei Sekunden später kommt die Antwort.

Okay, hört sich gut an. Aber melde dich schleunigst daheim.

Ja, Billie. Weiß ich selber. Ich schreibe noch ganz schnell:

Na klar, mach ich. Die Swells haben den Härtetest bestanden.

»Ich schreib mal meiner Mutter.«
Aber was?

Mamaschatz, alles gut. Komm gleich heim.

Im Gegensatz zu mir ist Erik ganz entspannt.
»Glaubst du nicht, dass du Stress kriegst?«, frage ich.
»Möglich«, antwortet er. »Ist mir aber egal. Viel größer kann der Ärger nicht mehr werden.«

Aus seiner Perspektive stimmt das wahrscheinlich. Aus meiner leider nicht.

»Bei mir hat der Stresspegel steigende Tendenz« sage ich. »Jack ist da auch noch so eine Option. Wenn ich richtig Mist baue, darf ich ihn vielleicht nicht behalten.«

Erik schüttelt den Kopf. »Da mach dir mal keine Sorgen. Wenn deine Mutter Jack ins Tierheim bringen will, muss mein Vater in Aktion treten. Das geht ja gar nicht.«

Ich umarme Erik. »Das ist so süß von dir.«

»Ich hab Hunger«, sagt Erik. »Hab gestern gar nichts gegessen auf der Party. Und du?« Er holt seine Trinkflasche aus dem Rucksack, und wir teilen uns den Rest Wasser. »Ich kenne einen kleinen türkischen Laden, da kriegt man super Rührei«, sagt er. Wir klettern vorsichtig vom Riesenrad runter. Erik gibt mir meine Swells, und wir beeilen uns, zum Roller zu kommen. Im Vorübergehen gebe ich dem Dino einen Klaps. »Ich komm dich bald mal wieder besuchen!«, rufe ich ihm zu. Der Roller ist noch im Gebüsch, und wir schieben ihn gemeinsam zurück auf den Weg, auch wenn uns ein älterer Spaziergänger mit Hund misstrauisch beäugt. »Das ist Sperrgebiet hier«, ruft er uns zu. »Betreten verboten!« Er zeigt mit seinem Gehstock auf ein Schild.

»Alles klar.« Erik nickt, und ich lächle den Mann freundlich an. Der Hund kommt schwanzwedelnd auf mich zu. Ich erinnere mich zum Glück, dass ich noch ein paar Hundekekse in meiner Hosentasche habe, und gebe sie ihm. »Ich hab selber auch einen Hund«, sage ich zu dem Mann. »Einen Mischling.«

Da wird er gleich viel netter.

Erik und ich setzen unsere Helme auf und düsen los.

Der türkische Frühstücksladen in Kreuzberg hat geöffnet, und wir bekommen eine riesige Schüssel Rührei mit Tomate und türkischer Wurst und trinken dazu süßen Tee.

Mein Handy piept. Eine Nachricht von meiner Mutter.

Endlich, Alice!
Lass dich bald zu Hause blicken!

Ich lese Erik die Nachricht vor.

Er nickt. »Klingt gut. Ich fahr dich, von hier aus sind es nicht mehr als zehn Minuten.«

Wir zahlen, und ich kaufe für meine Mutter noch schnell eine Tüte **Baklava**, dieses unheimlich süße Gebäck mit verschiedenen Nüssen, das mag sie total gern. Bevor wir auf den Roller aufsteigen, umarme ich Erik.

»Vielen Dank für alles. Das war wirklich wahnsinnig schön.« Ich grinse. »Du bist eben doch ein toller Stadtführer, so wie es Andreas gesagt hat.«

Ich setze den Helm auf und drücke mich auf dem Weg nach Schöneberg fest an Eriks Rücken.

Haarscharf hat schon geöffnet, Andreas und meine Mutter bedienen Kunden. Esther sitzt vor der Tür und raucht, als wir mit dem Roller anhalten. Sie grinst, als sie uns sieht.

»Na, das ist ja mal ein cooler Auftritt«, sagt sie. »Vorsicht. Da drinnen ist ziemlich dicke Luft.«

Als Erster kommt Jack angerannt und begrüßt uns mit lautem Gebell.

»Na, Süßer.« Ich kraule und drücke ihn heftig. »Einer freut sich schon mal«, stelle ich fest.

Andreas und meine Mutter stürmen wie die Racheengel höchstpersönlich auf uns zu. »Du bist ja verrückt geworden, Fräulein!«, ruft meine Mutter. »Du bist vierzehn! Nicht achtzehn! Schon vergessen?« Sie stemmt die Arme in die Seiten. »Geh in dein Zimmer, aber sofort. Wir sprechen uns noch. Ohne Strafe kommst du mir nicht davon. Und du, Erik, bist auch nicht besser. Erst machst du deiner Mutter Vorschriften, wie sie ihr Leben zu gestalten hat, und dann ziehst du mit meiner Tochter ab und stellst dein Handy aus. Wie viel Mist kann man noch verzapfen?«

Ich bin echt baff. So heftig ist meine Mutter noch nie abgegangen, wenn ich was verbrochen habe.

»Jetzt beruhig dich, Mama. Erik hat mir die Stadt gezeigt, das war doch Andreas' Idee. Und du hast dich ja mit deinem Porsche-Harry vergnügt.«

Wie ein Stier kommt meine Mutter auf mich zu. Für eine Sekunde fürchte ich, dass sie mir eine runterhauen wird. Aber Andreas zieht sie zurück. »Bleib ganz ruhig, Katrin. Das sind Kinder. Erik hat es nicht so gemeint. Stimmt's, mein Junge? Aber da ist eine Runde Entschuldigungen fällig.«

Erik ist plötzlich ganz weiß im Gesicht. »Natürlich

hab ich es so gemeint. ALLES. Seit du mit Gabriel zusammen bist und ich in deinem Leben keinen Platz mehr habe, hab ich diesen tätowierten Muskelprotz Markus am Hals, der mir von morgens bis abends erzählt, was du für ein Weichei bist. Und Alice ist voll in Panik, weil sie nicht wieder zurück nach München will, und ihre Mutter zieht mit so einem Grunewald-Nerd um die Häuser. Wie es uns geht, interessiert euch doch in Wirklichkeit überhaupt nicht, oder?«

Volltreffer. Mir tut Andreas total leid, er sieht aus, als würde er gleich umkippen. Ich habe das Gefühl, dass ich vermitteln sollte. »Erik ist nicht schuld, ich wollte da gestern unbedingt weg, und die Idee, mit seiner Mutter zu reden und ihr zu sagen, dass er nicht will, dass Markus sein Stiefvater wird, kam von mir …«, stottere ich herum.

»Ist gut, Alice«, sagt Erik. »Die checken ja sowieso nichts. Sind nur mit ihrem eigenen Scheiß beschäftigt. Ich fahre nach Hause und hole mir die nächste Ladung Stress ab. See you.« Er setzt seinen Helm auf, nimmt mir meinen aus der Hand und fährt davon.

»Krass«, sagt Esther. »Hätte ich ihm gar nicht zugetraut, ich dachte, der ist immer gechillt.«

Ich sehe meiner Mutter in die Augen. »Er hat recht, Mama. Ich werde auf keinen Fall nach München zurückgehen. Ich will mal an einem Ort leben, an dem ich mich richtig wohlfühle und Freunde habe.«

Ich schnappe mir die Hundeleine und Jack und mache mich auf in den Park. Vorbei an den joggenden Müttern und Frühsport betreibenden Tai-Chi-Frauen. An einem kleinen Teich mit Seerosen und Enten mache ich halt und setze mich ans Ufer. Auf einem Schild lese ich: **Hier keine Hundebadestelle**.

Ich halte Jack fest an der Leine. Mir schießt durch den Kopf, was alles verboten ist oder was nicht korrekt ist oder wofür man Ärger kriegt.

Ich bin nicht mal eine ganze Woche in Berlin, aber ich habe das Gefühl, dass ich in dieser kurzen Zeit schon mehr erlebt habe als in den vierzehn Jahren, in denen ich auf der Welt bin.

In den Jahren davor hatte ich mir nur Flaschendreh-Küsse eingehandelt, einen ekligen Faschingszungenkuss, und jetzt habe ich in 48 Stunden drei Menschen geküsst, die ich alle total gernhabe – eigentlich. Ich weiß auch nicht, mit wem ich darüber sprechen könnte. Mit meiner Mutter jedenfalls nicht. Auch nicht mit Andreas oder gar mit Esther. Vielleicht mit Billie, aber nur, wenn sie hier wäre. Nicht am Telefon. Eigentlich würde man so etwas mit Freunden besprechen. Aber ich habe ja gar keine. Die drei, die ich geküsst habe, mit denen könnte ich mir schon vorstellen, befreundet zu sein. Wenn ich hier in Berlin bleiben dürfte. Dann würde ich vielleicht auch herausfinden, ob ich in einen von ihnen verknallt bin. Das stimmt so auch nicht. Verknallt habe ich mich bei jedem Kuss. Also: In wen bin ich verliebt?

Ich habe plötzlich riesige Sehnsucht nach Ruhe und nach Freundschaft. Nach einem Platz, an dem ich mich zu Hause fühle. Und von dem ich weiß, dass ich ihn nicht in einem halben Jahr wieder verlassen muss. Mein Herz ist irgendwie schwer.

Ich schnappe mir Jack und knuddle hin. »Mein Süßer. Ich hab dich lieb. Und dich will ich natürlich unbedingt behalten, das ist ja wohl klar.«

Ich kurve mit Jack an der Seite noch ein Stück weiter. Bis zum Kioskmann. »Hallo. Eine Bionade und einen Schluck Wasser für meinen Hund bitte.«

Der Kioskmann beugt sich über seinen Tresen und schaut Jack freundlich an. »Servus, ihr zwei. Ich hab gleich gedacht, dass ihr gut zusammenpasst. Liebe auf den ersten Blick, oder?« Er zwinkert mir zu.

Ich seufze tief. »Davon hatte ich in den letzten Tagen genug«, antworte ich.

Der Kioskmann grinst. »Liebeschaos? Super. Besser als gar keine Liebe.«

Das nette Gespräch mit dem Kioskmann geht mir den ganzen Nachmittag nicht mehr aus dem Kopf. Ich habe auf einmal gar keine Angst mehr, mit meiner Mutter zu sprechen. Ich werde ihr einfach alles so sagen, wie es mir durch den Kopf geht.

17

»**Zu viel Liebe** ist besser als gar keine Liebe«, wiederholt meine Mutter am Abend nachdenklich den Satz des Kioskmannes.

Wir sitzen auf dem Balkon. Wir haben zwei Riesenpizzas gespachtelt, ich trinke Kräutertee, weil ich mich ein wenig krank fühle, meine Mutter trinkt Rotwein, den Harry – Porsche-Harry – vorbeigebracht hat. Sie hat Harry gleich wieder nach Hause geschickt, weil wir zwei uns in Ruhe unterhalten wollten. Nur den Wein hat sie behalten.

Ich habe es geschafft, ihr zu sagen, wovor ich Angst habe und was ich will: dass ich befürchte, nie herauszufinden, wie es ist, ein Zuhause zu haben, dass ich einen Lieblingsplatz und Lieblingsmenschen haben will, Freunde. Das hat sie richtig gut verstanden, und sie hat auch ein bisschen geweint. Vielleicht, weil sie dasselbe auch schon lange vermisst.

»Wer ist gerade dein Lieblingsfreund?«, fragt sie. »Erik?«

Ich zucke mit den Schultern. »Keine Ahnung. Ich mag auch Valentin und Lotte, Esther ist irgendwie auch eine

Freundin, seit wir das Video gedreht haben und sie gestern beim Tanzen so Spaß hatte …«

Meine Mutter nickt, als würde sie auch das sehr gut verstehen. »Musst du herausfinden. Das geht aber nicht, wenn wir hier gleich wieder abhauen. Ich habe ein paar andere Jobangebote, eines aus Hamburg und eines aus Köln, aber du willst gerne, dass wir hierbleiben.«

Mir sackt gleich wieder mein Herz in die Knie, als sie Köln und Hamburg erwähnt. »Ja, ich will in Berlin bleiben, Mama«, sage ich. Und plötzlich spüre ich ganz genau, dass ich auch das Recht habe, so etwas zu fordern. »Können wir uns hier nicht selber eine Wohnung suchen?Oder noch eine Weile bei Andreas wohnen bleiben?«

Meine Mutter guckt unentschieden. »Ich habe mit Andreas gesprochen, aber der hat andere Pläne. Kann sein, dass Erik wieder hier einzieht. Denn Markus hat Doris gestern zwar keinen Antrag gemacht – du weißt schon, warum –, aber sie möchten gerne zusammenleben. Um auszuprobieren, ob das klappt, wollen sie eine längere Reise machen. Solange soll Erik auf jeden Fall wieder bei Andreas wohnen.«

Also hat Erik mit seiner Szene gestern doch etwas erreicht. Finde ich wirklich cool. Ich freue mich riesig und kann nicht anders als grinsen. Aber meine Mutter hat noch mehr Neuigkeiten auf Lager. »Heute Nachmittag hat mich der Produzent von dem historischen Filmprojekt angerufen, bei dem Doris arbeitet, und ich habe morgen früh ein Vorstellungsgespräch bei ihm. Hört sich alles sehr gut an.«

Das haut mich jetzt echt vom Hocker. »Wow, Mama. Ist das cool. Ich hab dir doch gesagt, sobald die deinen Namen hören, lecken sie sich die Finger nach dir. Wenn das klappt, können wir in Berlin bleiben!«

Meine Mutter schenkt sich noch mehr Wein ein, und ich bekämpfe meine aufflammenden Halsschmerzen tapfer mit dem Minztee. »Das ist noch nicht alles«, sagt sie. »Ich bitte dich aber, jetzt nicht gleich auszuflippen, sondern erst einmal ganz ruhig zuzuhören.«

Das klingt schon wieder ein wenig nach Jüngstem Gericht, finde ich.

»Harry«, sie räuspert sich, »also Harry ist doch Anwalt. Er hat seine Praxis in dem Haus im Grunewald.«

Ich nicke. »Ja, ich weiß, das mit dem Schuppen mit dem roten Paddelboot.«

Meine Mutter lächelt, und so, wie sie guckt, erkenne ich, dass sie richtig verschossen ist in den Porsche-Paddelboot-Harry.

»Also, Harry hat dieses Haus von seinen Großeltern geerbt, und es ist riesig. Und die ganze obere Etage steht komplett leer. Also, natürlich sind da noch alte Möbel, aber die könnte man zur Seite rücken oder auf den Dachboden verfrachten oder so …« Sie schweigt und schaut mich an.

Ich schlucke und spüre den Schmerz in meinem Hals. Deshalb verziehe ich mein Gesicht.

»Halt, Alice«, ruft meine Mutter. »Ich habe gesagt, erst mal zuhören, bis zu Ende …«

Ich bekomme einen echten Lachflash. Meine Mutter hat

mindestens genau so einen Schiss, offen mit mir zu reden, wie ich mit ihr. »Ach, Mama. Für wie doof hältst du mich eigentlich? Dein Paddelboot-Harry will also, dass wir bei ihm einziehen? Der muss ja schwer verknallt sein.«

»He, du freche Kröte«, schimpft meine Mutter und muss auch lachen. »Natürlich zahlen wir Miete. Aber er hat mir für die obere Etage ein sehr gutes Angebot gemacht, und wir haben auch wieder ein Wohnzimmer mit Balkon und du ein riesiges Zimmer. Wenn du magst, können wir es in den nächsten Tagen ja mal ganz in Ruhe besichtigen.«

Damit bin ich sehr einverstanden. Den Rest des Abends faulenzen wir auf dem Sofa herum und gucken uns einen uralten Liebesfilm in der Glotze an.

»Ich möchte auch so gerne mal eine richtige Freundin haben.« Meine Mutter seufzt. »Billie ist toll, wohnt aber viel zu weit weg. Mit Doris kann ich richtig gut reden. Ach, und übrigens, Jack hat im Grunewald auch einen großen Garten zum Toben. Wir müssen bald mal eine Hundemarke für ihn besorgen.«

Wie auf Kommando springt Jack zu uns auf das Sofa.

»Das ist die beste Idee von allen, Mama!« Ich drücke sie so doll, dass mir fast die Luft ausgeht. Und ihr auch.

Eine Stunde später wanke ich, mit Fieber, ins Bett.

Am nächsten Morgen kann ich gar nicht aufstehen, sondern bin richtig krank. Meine Mutter ist schon unterwegs. Sie hat ja den Termin bei der Produktionsfirma. Aber auf dem kleinen Tisch steht auf einem Stövchen Tee und daneben frische Buttercroissants. Ich kann gar nicht mehr schlucken. Gerade, als ich mich aus dem Bett gewälzt habe, taucht Andreas auf.

»Guten Morgen, du krankes Huhn. Möchtest du zum Arzt gehen? Ich könnte dir gleich einen Termin besorgen bei meiner Hausärztin. Die wohnt zwei Straßen weiter.«

Ich kann zwar kaum schlucken, aber auf einen Arztbesuch habe ich so gar keine Lust. Ich winke ab. »Wird bestimmt auch so wieder besser.«

Andreas nickt. »Alles klar. Erik ist auch krank. Wo seid ihr denn die ganze Nacht gewesen?«

Ich weiß nicht, ob ich das sagen kann, ohne Erik zu verraten. »An einem geheimen Ort«, antworte ich und gucke mysteriös. Andreas grinst. »Okay. Ich ahne, wo, werde aber darüber schweigen.«

Wir lachen. Andreas ist schon ein echt lieber Vater. Und überhaupt kein Weichei, wie Markus behauptet. Ich nehme mir eine Tasse Tee und setze mich damit auf den Balkon. Ich würde mir auch meinen Vater wie Andreas wünschen. Ob ich ihn jemals kennenlernen werde?

Es klingelt. Ich drücke auf die Gegensprechanlage. »Hallo?«

»Hier ist Lotte. Esther meinte, du bist krank?«

Für eine Sekunde bin ich wie erstarrt.

»Alice? Hörst du mich? Darf ich hochkommen?«

Was soll ich tun? Ich kann sie doch nicht einfach da unten stehen lassen.

»Ja, klar.« Ich drücke auf den Türöffner.

»Hey, meine Süße!« Lotte fegt mit einer riesigen Papiertüte herein. »Du hast Mandelentzündung oder so was? Hat jedenfalls Esther gesagt. Ich hab superleckeres Eis mitgebracht.«

Sie wirbelt in die Küche, öffnet die Schränke, bringt Schälchen und Löffel, packt alles auf den Balkontisch. »Komm, schnell. Das schmilzt sonst weg. Ist mein absolutes Lieblingseis. Von so einer kleinen Eisdiele in der Goltzstraße. In dem mit Mandeln sind auch Cookies drin, die backen sie selber. Ich hatte da mal einen Ferienjob.« Sie löffelt los und strahlt mich an. »Was guckst du denn so?«, fragt sie. »Wo bist du mit Erik gewesen? Esther hat erzählt, ihr wart die ganze Nacht unterwegs, und es gab Stress mit deiner Mutter und Andreas? Mein Vater würde auch ausflippen, wenn ich so was machen würde, aber echt. Du hast übrigens gestern nichts mehr verpasst. Angeblich wollte Markus Eriks Mutter einen Antrag machen, aber dann haben sich die beiden so gestritten, dass daraus nichts wurde. Irgendwie cool, oder?«

Also, eines wird mir langsam klar: Lotte quatscht mindestens genauso viel wie ich. Ob das so ein Mädchen-Ding ist? Ich probiere mal das Zitroneneis, daran erkennt man nämlich die Qualität einer Eisdiele, hat Billie mal gesagt. Und sie hat recht. Das Zitroneneis ist köstlich.

»Echt lecker«, sage ich, um auch mal was zu sagen.

Lotte ist wirklich süß. Aber plötzlich weiß ich, dass unser Kuss nur ein Experiment war, und ich glaube, Lotte sieht das auch so. »Sag mal … Erik, Valentin und du …«

Sofort fängt Lotte wieder an, wie ein Wasserfall zu reden. »Ja, das mit Valentin und Erik war eine schwierige Sache. Erik war etwas verwirrt, als Andreas sich in Gabriel verliebt hat. Irgendwann hat Erik beschlossen, dass er mal wissen wollte, wie es ist, einen Jungen zu küssen. Und so haben Erik und Valentin es ausprobiert. Dabei sind sie von Valentins Mutter erwischt worden, und die ist wohl ziemlich ausgerastet. Von dem Tag an durfte Andreas Valentin nicht mehr die Haare schneiden, und Vals Vater hat Andreas eine riesige Szene gemacht, da ging echt die Post ab.

Dabei waren sie vorher noch alle zusammen bei dem *AC/DC*-Konzert in Hannover gewesen. Valentins Eltern sind so krass konservativ, das kannst du dir nicht vorstellen. Auf Valentins Geburtstag habe ich dann mit ihm geknutscht, um seine Eltern zu beruhigen. Wenn ich so Eltern wie Valentin hätte, würde ich lieber ins Internat gehen, aber ehrlich. Dorthin wollten sie Valentin auch erst schicken. Das haben wir aber durch unsere Knutscherei verhindert. Weil wir früher mal zusammen waren und im Moment mit niemandem zusammen sind, knutschen wir manchmal noch auf Partys. Aber Alice, das gestern Abend hatte wirklich nichts zu bedeuten. Falls du Valentin magst …« Sie holt tief Luft, nimmt sich noch eine Kugel Schokoladeneis und fragt: »Wie küsst eigentlich Erik? Du hast ihn doch geküsst, oder? Lüg mich bitte nicht an. Der ist wirklich süß, aber ich komme einfach nicht an ihn ran. Er macht immer gleich die Biege, wenn ich mit ihm quatschen will. Und Val ist ganz verunsichert, weil Erik sich seit einiger Zeit ihm gegenüber total distanziert verhält. Manchmal denke ich, die zwei hatten wegen mir Stress. Krass, oder? Hier, probier mal Schoko.« Sie packt mir einen Löffel davon auf den Teller.

Ich koste und nicke. »Auch lecker. Ach, und meine Antwort: Erik küsst gut.«

Lotte grinst. »Hab ich mir gedacht. Ich glaube, Valentin ist eifersüchtig. Und ich irgendwie auch.«

Ich gucke Lotte interessiert an. »Wer auf wen und weshalb?« Ich nehme mir den Rest Zitroneneis, und Lotte schleckt den Teller mit dem zerlaufenen Eis ab. »Auf und wegen Erik. Wir beide. Also Val und ich«, antwortet sie.

»Okay!«, sage ich erstaunt. »Und warum?«

Lotte setzt sich zu mir in den roten Liegesessel. »Das sagt dir Valentin vielleicht lieber selbst. Vermute ich jedenfalls. Und ich muss erst herausfinden, was mit mir und Erik geht … Ich würde ihn sehr gern mal küssen.«

Sie umarmt mich und drückt sich an mich. »Dich zu küssen fand ich wirklich sehr schön, aber ich denke, wir sollten damit aufhören, wenn wir wirklich gute Freundinnen sein wollen. Was meinst du? Ich glaube nicht, dass wir ein richtiges Liebespaar werden könnten.«

Ich atme tief durch. Mir fällt ein Stein vom Herzen. Wie gut, dass Lotte so viel redet. »Da bin ich ganz deiner Meinung. Und ich hatte noch nie eine richtig beste Freundin.«

Lotte lacht. »Du wirst es nicht glauben. Ich auch nicht. Obwohl ich viele Freundinnen habe. Also – best friends?«

Ich nicke. »Best friends. Finde ich richtig gut.«

18

Ich muss dann doch ein paar Tage das Bett hüten, und Lotte bringt mir jeden Tag Zitroneneis mit einem Klecks Schoko.

Am vierten Tag wage ich mich zum ersten Mal wieder ins Freie. Zusammen mit Esther und Lotte teile ich mir einen Berg Eiskugeln mit Orangensahne. So bekomme ich hautnah mit, wie Harry mit meiner Mutter im Porsche herbeigeschossen kommt. Meine Mutter springt jubelnd aus dem Wagen. »Ich hab den Job, ich hab den Job, ich hab den Job.« Sie tanzt auf mich zu und wirbelt mich so heftig herum, dass Jack total ausflippt und nach ihrer Wade schnappt. Sie hüpft beschwingt in den Friseurladen, um Andreas alles haarklein zu berichten.

Harry steigt langsam aus und kommt auf mich zu. »Hi, Alice. Geht's dir besser? Du hast schon wieder ein wenig Farbe im Gesicht.«

Er klaut mir meinen Löffel und probiert das Eis. »Köstlich. Solches Eis gibt es im Grunewald leider nicht.« Er macht ein bedauerndes Gesicht.

»Wann schaut ihr euch die Wohnung an? Deine Mutter meinte, das könnte was für euch sein?«

Ich will es dem Porsche-Paddelboot-Harry jetzt nicht allzu leicht machen. Und so ziere ich mich ein wenig und sage: »Da muss ich vorher mit meinem Anwalt sprechen.«

Harry grinst, und mampft mir mein Eis weg.

»Sie sind Anwalt, oder?«, fragt Lotte.

Harry nickt. »Brauchst du einen? Willst du dich scheiden lassen?«

Ich wechsle einen Blick mit Esther. Harrys Witze sind echt noch ausbaufähig. Aber daran wird meine Mutter sicher arbeiten. »Ich frage, weil ich gerne ein Schulpraktikum bei einem Anwalt machen würde«, sagt Lotte. »Ich möchte mal Anwältin werden.«

Harry nickt. »Kannst du gerne, wir müssen dann einfach ausmachen, wann und wie.«

Lotte strahlt ihn an. »Sehr nett, wirklich. Danke.«

Sie schaut mich an. »Porsche-Harry ist gut drauf, Alice.«

Harry tut so, als hätte er seinen Spitznamen nicht gehört. Das rechne ich ihm hoch an. Vielleicht wird daraus ja mal Paddelboot-Harry. Wenn er nett genug zu meiner Mutter ist. »Katrin«, ruft er in den Laden, »gehen wir heute Abend feiern?« Er nimmt meine Mutter in den Arm und küsst sie auf die Wange.

Lotte schaut mich an. »Müssten wir eigentlich auch, also feiern. Du bleibst ja jetzt in Berlin. Kommst du mal wieder aufs Tempelhofer Feld? Inlinern?«

Ich bin noch nicht hundertprozentig fit, aber Lust habe

ich schon wieder. Wir verabreden uns für morgen. Gerade, als Lotte wieder loswill, weil sie Crêpes verkaufen muss, und das Eispapier zusammenknüllt, taucht Erik auf.

»Hallo zusammen. Habt ihr ohne mich Eis gegessen? Ich hab auch Mandelentzündung gehabt.« Er zwinkert mir zur Begrüßung zu. »Hast du gehört? Ich darf wieder bei meinem Vater wohnen, wenn meine Mutter mit Markus unterwegs ist.«

Ich nicke. »Ich freue mich riesig für dich. Und meine Mutter hat den Job bei dem Filmprojekt – die Sache, die deine Ma vermittelt hat.«

Wir strahlen uns an. Ich freue mich total, Erik wiederzusehen, habe aber gar keine große Lust, ihn zu küssen. Ich muss unbedingt mit ihm reden.

Lotte mischt sich ein. »Okay, ich hab auch einen Job, bei Porsche-Harry.« Sie dreht den Daumen nach oben. »Praktikum als Anwältin.«

Erik schaut sie überrascht an. »Echt? Findest du das gut? Ich nämlich auch. Jetzt bin ich neidisch.«

»Ich kann Harry fragen, ob er noch einen zweiten Praktikanten braucht«, sagt Lotte schnell. »Das wäre doch total lustig, wenn wir beide …«

»Ja!«, sagt Erik. »Sogar sehr.« Die beiden sehen sich an, als hätten sie sich vorher noch nie genau angeguckt. Ich glaub, das wird was mit den beiden. Ich muss mich zusammenreißen, um nicht total blöd zu grinsen.

»Ich frage ihn gleich mal«, sagt Lotte schnell und springt in den Laden.

Sie gestikuliert wild und zeigt ein paarmal nach draußen, und Harry guckt interessiert. Dann sehe ich, wie meine Mutter lacht und Harry einen Kuss gibt. Was ist denn jetzt wieder los?

Lotte kommt zurück. »Es klappt. Du hast einen Praktikumsplatz, Erik. Ich finde, zum Dank könntest du mich jetzt noch auf eine weitere Kugel Schokoeis im *Pfefferminzchen* einladen, oder?«

Erik nickt. »Unbedingt.« Er schaut in meine Richtung. »Bis später oder morgen, okay? Andreas und ich wollen die nächsten Monate planen. Ich übernachte heute bei Gabriel.«

»Alles paletti! Viel Spaß, ihr zwei. Bis morgen, Lotte.«

Die beiden düsen davon.

Esther schaut mich beunruhigt an. »Ist das jetzt für dich in Ordnung?«

Ich schüttle den Kopf. »Was meinst du?«

Esther runzelt die Stirn. »Na, Lotte. Dass die jetzt einfach wieder mit Erik abzieht, der ist doch sicher vorbeigekommen, um dich zu besuchen. Und stattdessen besorgt sie ihm einen Praktikumsplatz und schiebt mit ihm zum Eisessen ab. Finde ich gerade sehr schräg.«

»Aber warum denn?« Ich hebe Jack auf meinen Schoß und halte meine Nase in die warme Sonne.

»Weil ihr zusammen seid, Erik und du«, antwortet Esther.

Ich gucke Esther überrascht an. »Sind wir nicht. Wie kommst du denn auf die Idee?«

Irgendwie scheint das Esther aufzuwühlen, denn sie kramt ihre Zigaretten hervor und steckt sich eine an. »Ihr wart doch die eine Nacht weg, und dann gab's Ärger, und ihr habt beide Mandelentzündung …«

Ja. Das sind wahrscheinlich Gründe, warum Leute glauben, dass wir zusammen sind.

»Du hast recht mit deiner Vermutung«, sage ich. »Wir waren an einem sehr schönen geheimen Ort, den Erik schon lange kennt. Und ja, wir haben uns geküsst, das war auch schön. Und wir hatten total viel Spaß miteinander. Das war am allerschönsten. Ich glaube, wir sind richtig gute Freunde geworden. Mehr nicht. Also, das glaube ich nicht, das hoffe ich. Aber um zu wissen, bei wem man wirklich Schmetterlinge im Bauch hat, muss man es ausprobieren, wie eine Art … Experiment.«

Am nächsten Tag muss ich das Treffen mit Lotte zum Inlinern absagen. Ich soll mit meiner Mutter in den Grunewald fahren und mir das Haus von Harry anschauen.

Aber vorher frühstücken wir noch alle zusammen vor dem Friseurladen in der Sonne. Erik ist auch da. Er hat sofort gesagt, dass er sich mit Lotte zum Skaten treffen will, wenn ich keine Zeit habe. Gabriel hat vorgeschlagen, dass Erik oben in die Dachwohnung einzieht. Dann müssen Mama und ich uns keinen Stress machen mit dem Umziehen. Total nett finde ich das. Inzwischen ist Mama mit Gabriel und Andreas richtig gut befreundet.

Ich schnappe mir Jack zum Gassigehen und bitte Erik, mich zu begleiten. Ich muss unbedingt mit ihm reden.

»Ich wollte dir sagen«, stottere ich ein wenig herum, »das wegen dem Spreepark und dem Küssen … also, ich fand es total schön, dich zu küssen …«

Erik grinst über das ganze Gesicht und unterbricht mich. »Ich auch, das war ein extrem schöner Ausflug. Und jetzt willst du bis ans Ende unseres Lebens mit mir zusammen sein?«

Ich kriege so einen Schreck, dass ich schon wieder fast gegen einen Baum knalle, der mir im Wege steht.

»N-n-nein, so hab ich das jetzt nicht gemeint«, stottere ich und merke, dass ich knallrot anlaufe.

Erik kriegt so einen Lachanfall, dass er in die Knie geht. »Oh, Alice. Du müsstest dich jetzt sehen!« Jack bellt begeistert mit. Erik nimmt mich in den Arm. »Ich hab dich total gerne geküsst. Aber ich bin nicht in dich verknallt und du nicht in mich. Stimmt's? Aber jetzt mal ohne Spaß: Du bist echt ein wichtiger Mensch für mich geworden, und eines werde ich wirklich bis an mein Lebensende nicht vergessen: wie toll du mir geholfen hast. Wegen der Sache mit meiner Mutter und Markus und so. Das war einfach nur genial. Ich hoffe, dass wir Freunde sind.«

Ich glaube, so eine lange Rede hat Erik noch nie gehalten. Ich bin so gerührt, dass ich mir eine winzige Träne aus dem Augenwinkel wische. Der Typ ist so toll. Genau der richtige Freund für Lotte, finde ich. Wir laufen noch eine kleine Runde, ich muss mich erst mal wieder ein bisschen einkriegen.

»Aber klar. Friends forever«, sage ich so cool wie möglich.

»War das Eisessen mit Lotte nett?«, frage ich ganz beiläufig.

Erik nickt. »Sehr. Ich glaube, das Skaten wird noch besser.«

Glaube ich auch.

Meine Mutter wartet schon ungeduldig auf mich. Schließlich wollen wir in den Grunewald.

»Alice, kannst du die Inliner nicht mal auslassen und normale Turnschuhe anziehen?«, bittet mich meine Mutter. »In den Räumen ist nämlich überall Parkett ausgelegt, das kriegt von den Rollen Schlieren.« Sie ist nervös. So kenne ich Mama gar nicht. Es geht ja schließlich um nichts. Eine Wohnung könnte sie sich jetzt auch ohne Harrys Angebot leisten. Sie hat ja einen neuen Job, und die Produktionsfirma hat schon angedeutet, dass sie Mama gerne länger auch für andere Projekte beschäftigen würde. Ich sage es ja: Meine Mutter ist der absolute Hit in ihrem Job. Das macht mich total stolz.

»Alles gut, Mama!«, versuche ich sie zu beruhigen. »Warum machst du denn so ein Ding daraus? Schlimmer, als wenn du zu einem Vorstellungsgespräch gehst.«

Wir nehmen uns ein Taxi, weil Porsche-Harry uns nicht abholen kann. Er hat noch einen Termin bei Gericht.

Das Haus – besser gesagt die Villa – liegt direkt am See.

»Da müssen wir aber aufpassen, dass Jack nicht ertrinkt«, sage ich besorgt. Aber eigentlich ist die Gegend total schön. Das Gemäuer ist von Kletterrosen umrankt und erinnert mich an ein Schloss aus meinem Märchenbuch. »Ist das toll. Es gibt Leute, die erben so was. Das ist doch ungerecht.«

Meine Mutter runzelt die Stirn. »Halte dich mit solchen Kommentaren lieber zurück«, sagt sie streng.

Ich bleibe stumm, aber ich bin sicher, dass meine Mutter dasselbe gedacht hat, als sie die Bude zum ersten Mal gesehen hat.

Ich linse in den ersten Stock. Meine Mutter hat nicht zu viel versprochen, der Balkon ist riesig. Ich stelle mir vor, dass man dort bei gutem Wetter übernachten könnte. Das fänd ich wirklich cool. »Können wir uns diese Miete überhaupt leisten?« Meine Mutter verdient ganz gut in ihrem Job, aber nicht gigantisch viel.

Sie nickt. »Ich habe dir gesagt, Harry hat mir ein sehr großzügiges Angebot gemacht.«

Vermutlich hat sie das vorher alles mit Billie besprochen. Da bin ich mir ganz sicher.

Wir klingeln, und Harry macht uns auf. Er trägt einen superschicken Anzug, wahrscheinlich wegen des Gerichtstermins, und ich weiß, dass Mama solche Klamotten super findet. Okay, ich ahne es ohnehin schon. Die Sache ist geritzt. Und warum auch nicht? Wir **müssen** ja ausziehen.

Während wir alles absprechen und die Zimmer abchecken und Harry mich so oft fragt, ob es mir gefällt, dass es mich langsam nervt, fällt mir etwas sehr Wichtiges ein. »Ich muss aber nicht auf so eine komische Eliteschule gehen, oder? Ich möchte nach Schöneberg oder Kreuzberg.«

Harry sieht mich an. »Hier gibt's eine tolle Schule, auf der war ich schon Schüler …«

Ich unterbreche ihn unhöflich. »Darum geht's mir nicht«, sage ich. »Ich habe gerade neue Freunde gefunden, und ich will gerne auf deren Schule gehen. Lotte, Erik, Valentin und so weiter.« Mama zuckt mit den Achseln. »Bitte. Dann hast du aber einen längeren Schulweg als andere.«

Ich lächele sie süß an. »Wenn ich fünfzehn bin, kriege ich einen Roller, hast du gesagt.« Ich sehe an ihrem Blick, dass sie sich für diese Schwäche verflucht.

»Perfekt!«, ruft Harry und springt auf. »Heißt das im Prinzip **Ja?**« Er schaut mich gespannt an.

Ich grinse. »Das heißt **Ja, ich will.**«

Harry stößt einen Jubelschrei aus und wirbelt meine Mutter heftig im Kreis herum. Ich merke mal wieder, dass er sie wirklich gernhat.

19

Als wir wieder zu Hause sind, schreibe ich Lotte eine Nachricht:

> **Die Sache ist geritzt,**
> **wir ziehen zu Porsche-Harry!**

Harry und meine Mutter mussten mir auch unbedingt noch das Boot im Schuppen zeigen. Es ist schon etwas heruntergekommen und bräuchte dringend einen neuen Anstrich. Und für sein Alter hat es einen sehr verwegenen Namen – *Wild Love.* Aber meine Mutter ist offensichtlich total verknallt in das Ding. Sie hat sich mit ihrem eierschalenfarbenen Kleid und den hohen Schuhen hineingesetzt und geseufzt: »Ist dieses Boot nicht einfach himmlisch?«

Harry hat ihr herausgeholfen und aufgepasst, dass sie mit ihren Zehn-Zentimeter-Stöckeln nicht im morschen Holz stecken bleibt, und dann hat er gerufen: »Du bist himmlisch, liebe Katrin!«

Schlimmer als jeder Hollywoodschinken, die zwei.

Ich freue mich schon darauf, das alles Lotte zu erzählen.

Mein Handy vibriert. Das ist sicher schon ihre Antwort. Ich hoffe, sie hat Zeit. Ich kriege einen virtuellen Stromstoß, als ich die Nachricht abrufe. Sie ist nicht von Lotte, sondern von Valentin.

Hey, Einhorn. Lust auf eine Sandschlacht? Desperately waiting for you and Jack Sparrow. Val.

»Nee, mein Kleiner. Das machen wir jetzt nicht, oder?«, sage ich zu Jack, der auf meinem Turnschuh herumkaut. »Auf gar keinen Fall.« Ich starre wie hypnotisiert auf mein Handy.

Meine Mutter streckt den Kopf in mein Zimmer. »Alice! Andreas und Gabriel wollen ausgehen. Willst du mitkommen und vorher was mit uns essen? Ich denke, wir gehen später in die *Pinguinbar.*«

»Nein, danke, Mama, null Hunger. Ich mach mir ein Brot. Kann auch sein, dass ich noch mit Jack eine Runde im Park jogge.«

Meine Mutter guckt mich prüfend an. »Ist was passiert? Du hast ganz rote Flecken im Gesicht. Kriegst du jetzt auch noch Röteln oder irgend so einen Kram?« Sie kommt näher und drückt ihre Hand auf meine Stirn. »Da ist immer noch die kleine Beule, mein Einhorn.« Sie küsst mich auf die Nasenspitze. »Pass schön auf, und wenn es später wird, schick mir bitte eine Nachricht. Nicht so wie das letzte Mal.«

Ich gucke sie treuherzig an.

»Mach ich. Versprochen. Viel Spaß. Rauch nicht zu viel.« Ich drohe aus Spaß mit dem Zeigefinger.

Sie zieht sich noch eine ganze Weile um, schminkt sich, und dann höre ich, wie die Tür ins Schloss fällt. Was soll ich tun? Antworten? Ich schaue Jack an. »Willst du jetzt noch in den Park, Kleiner?« Das Wort Park versteht er inzwischen. Er beginnt wie ein Tennisball auf und ab zu hüpfen. »Okay, aber nur ganz kurz. Vielleicht Valentin Hallo sagen, falls er überhaupt noch dort ist.«

Ich ziehe meine Swells an, klaue meiner Mutter mal wieder den Pulli, und dann cruise ich ganz gemächlich los. Zum Lassenpark, dort, wo der Sandkasten ist und die kleine Bibliothek, dorthin, wo Valentin früher mal gewohnt hat. Bis auf ein paar spielende Kinder im Sandkasten ist Valentin der Einzige im Park. Ich entdecke ihn schon von Weitem. Als er mich sieht, steht er auf, nimmt sein Shortboard und läuft auf mich zu. Jack, dieser distanzlose Hund, rast in Lichtgeschwindigkeit auf ihn zu, springt an ihm hoch und begrüßt ihn freudig.

»Alice«, sagt er, als er vor mir steht und lächelt dieses Lächeln, das einen echt umhaut. »Ich hatte schon Angst, ich sehe dich gar nicht mehr wieder.«

Ich zucke stumm mit den Achseln. Das soll jetzt gar nicht besonders zickig erscheinen, ich habe nur das Gefühl, dass ich keinen normalen Ton außer Krächzen herausbringe.

»Wollen wir rumfahren oder was unternehmen? Unser Sandkasten ist ja leider besetzt.« Er zeigt auf die Kids, die hohe Sandtürme bauen und sie gegenseitig zerstören. »Lust auf Flughafen? Die haben gestern ein Flugzeug aufgestellt, da kann man sich reinsetzen.«

Ich nicke. »Oh ja. Das würde ich mir gerne anschauen.«

Er hat sein Fahrrad mit, und ich setze mich vorne auf die Stange, nehme Jack auf den Schoß. Valentin klemmt sein Shortboard auf dem Gepäckträger fest, und wir schaffen es bis zum Flughafen, ohne dass uns ein Polizeiauto erwischt.

Valentin nimmt das Fahrrad mit in die Halle und stellt es dort ab. Dann cruisen wir zum Flugzeug, das mitten auf dem Rollfeld steht, und steigen ins Cockpit, spielen an den Schaltern herum. Ich gucke durch das Fenster. »Was ist denn da ganz hinten? Eine Hüpfburg, oder was?«

Valentin lacht. »Gestern war hier Kinderfest, die Luftballons sind auch noch alle da.«

Stimmt. An der Hüpfburg sind knallbunte Ballons befestigt. »Los, komm, wir hüpfen ein bisschen«, rufe ich. Ich habe Hüpfburgen schon immer geliebt, aber natürlich war ich schon eine halbe Ewigkeit auf keiner mehr. Warum eigentlich nicht?

Ich ziehe meine Swells aus, und wir klettern in die Hüpfburg hinein; Jack springt uns hinterher, und dann hüpfen wir darin herum wie die Wahnsinnigen. Ich schreie und kreische mir die Seele aus dem Leib. Irgendwann rumsen Valentin und ich richtig gegeneinander. Valentin umfasst mich und hält mich fest.

»Hey, Einhorn«, flüstert er mir ins Ohr. »Ich hab es wahnsinnig vermisst, dich zu küssen.«

Ich habe einen kurzen Erinnerungsflash von der Party und sehe genau vor mir, wie er Lotte dort geküsst hat. Aber ich wische dieses doofe Bild einfach zur Seite. Schließlich ist Lotte in Erik verknallt und umgekehrt. Ganz klar.

»Ich auch«, sage ich, und es ist wirklich wahr.

Als wir uns küssen, da weiß ich sofort ganz sicher, dass ich Valentin am allerliebsten küsse. Jack springt auf uns herum und bellt und stupst uns mit seiner pitschnassen Nase an und will auch unbedingt geknuddelt werden. Ich muss lachen und Valentin auch, wir können gar nicht mehr aufhören.

»Sind die Luftballons mit Helium gefüllt?«, frage ich.

»Auf jeden Fall«, sagt Valentin.

Er kramt einen schwarzen Edding aus seinem Rucksack. Wir schreiben unsere Namen auf die Luftballons und lassen sie fliegen.

Wir bleiben eng umschlungen in der Hüpfburg liegen, bis es dunkel wird.

»Hey, ich bleibe in Berlin«, sage ich.

»Sehr cool«, sagt Valentin. »Dann können wir uns ja bis in alle Ewigkeit küssen.«

Das klingt nach einem absolut guten Plan.

EINFACH ZUM VERNASCHEN

Usch Luhn
Kiss me, Cookie!

Endlich Ferien! Doch für Charlotte fällt der geplante Mädchenurlaub leider aus. Stattdessen schmeißt sie die wenig erfolgreiche Sandwich-Bar ihrer Mutter. Mit von der Partie sind: Jamie, angehender Koch, und Metin, Charlottes bester Freund. Gemeinsam haben sie den perfekten Plan, wie man aus der Sandwich-Bar etwas richtig Cooles machen könnte ... Mit Cookie-Rezepten!

192 Seiten – Ab 12 Jahren
ISBN 978-3-86430-027-1

Küsse
Liebeschaos
Überraschend

IM FASHION-FIEBER

Usch Luhn

Good Luck Fashion

Larissas Leidenschaft ist das Entwerfen und Nähen von Klamotten. Plötzlich steht ihr bisher unbekannter Vater vor der Tür! Larissa weiß gar nicht, ob sie ihn kennenlernen will. Aber sein Beruf interessiert sie, denn ihr Vater ist ein total angesagter Modefotograf! Und er unterstützt sie dabei, ein Kostümpraktikum in einer großen Filmproduktionsfirma zu machen …

176 Seiten – Ab 12 Jahren

ISBN 978-3-86430-038-7

Cool

Stylish

Kostüme

Pink